A prova

A PROVA
ÁGOTA KRISTÓF

Tradução de Diego Grando

Porto Alegre São Paulo • 2024

1

De volta à casa da avó, Lucas deita perto da cerca do jardim, à sombra dos arbustos. Ele aguarda. Um veículo do exército para em frente ao alojamento dos guardas de fronteira. Alguns militares desembarcam e colocam no chão um corpo envolto em uma lona de camuflagem. Um sargento sai do prédio, faz um sinal e os soldados abrem a lona. O sargento bufa.

— Não vai ser mole para identificar! Tem que ser muito burro para tentar atravessar a porra dessa fronteira, ainda mais em pleno dia!

Um soldado diz:

— As pessoas deveriam saber que é impossível.

Um outro soldado diz:

— As pessoas daqui sabem. São as que vêm de fora que tentam.

O sargento diz:

— Bom, vamos ver o idiota aí da frente. Talvez ele saiba alguma coisa.

Lucas entra na casa. Ele senta no banco de canto da cozinha. Corta um pouco de pão, põe uma garrafa de vinho e um queijo de cabra na mesa. Batem na porta. Entram o sargento e um soldado.

Lucas diz:

— Estava esperando vocês. Sentem. Tem vinho e queijo, peguem.

O soldado diz:

— Com muito prazer.

Ele pega pão e queijo, Lucas serve o vinho.
O sargento pergunta:
— Você estava nos esperando? Por quê?
— Eu ouvi a explosão. Depois de uma explosão, vocês sempre vêm me perguntar se eu vi alguém.
— E você não viu ninguém?
— Não.
— Como sempre.
— É, como sempre. Ninguém vem anunciar para mim que tem a intenção de atravessar a fronteira.

O sargento ri. Ele também se serve de vinho e de queijo.
— Você poderia ter visto alguém rondando por aqui, ou na floresta.
— Não vi ninguém.
— Se tivesse visto alguém, você diria?
— Se eu dissesse que sim, vocês não iriam acreditar em mim.

O sargento ri de novo:
— Eu às vezes me pergunto por que chamam você de idiota.
— Eu também me pergunto. Eu simplesmente sofro de uma doença nervosa por conta de um trauma psíquico de infância, durante a guerra.

O soldado pergunta:
— Que negócio é esse? Do que é que ele está falando?
Lucas explica:
— A minha cabeça ficou um pouco atrapalhada por causa dos bombardeios. Aconteceu quando eu era criança.
O sargento diz:

— O seu queijo é muito bom. Obrigado. Venha com a gente.

Lucas vai atrás deles. Mostrando o corpo, o sargento pergunta:

— Conhece esse homem? Já viu ele antes?

Lucas contempla o corpo desmembrado do pai:

— Ele está completamente desfigurado.

O sargento diz:

— Também dá para reconhecer alguém pelas roupas, pelos calçados, até mesmo pelas mãos ou pelo cabelo.

Lucas diz:

— A única coisa que eu posso dizer é que ele não é da nossa cidade. As roupas dele não são daqui. Ninguém usa roupas tão elegantes na nossa cidade.

O sargento diz:

— Muito obrigado. Isso nós já sabíamos. Nós também não somos idiotas. O que eu estou perguntando é se você já viu ou cruzou com ele em algum lugar.

— Não. Em nenhum lugar. Mas estou vendo que as unhas dele foram arrancadas. Ele esteve na cadeia.

O sargento diz:

— Não tem tortura nas nossas prisões. O que é estranho é que os bolsos dele estão completamente vazios. Nem mesmo uma foto, ou uma chave, ou uma carteira. No entanto, ele devia ter uma carteira de identidade e até um salvo-conduto para poder entrar na zona de fronteira.

Lucas diz:

— Ele deve ter jogado fora na floresta.

— Também acho. Ele não queria ser identificado. Me pergunto quem ele queria proteger fazendo isso. Se,

por algum acaso, quando estiver procurando cogumelos, você encontrar alguma outra coisa, você vai vir entregar para a gente, não é mesmo, Lucas?
— Pode contar comigo, sargento.

Lucas senta no banco do jardim, apoia a cabeça na parede branca da casa. O sol o cega. Ele fecha os olhos.
— Como se faz agora?
— Como antes. É preciso continuar levantando de manhã, indo para a cama à noite e fazendo o que é preciso fazer para viver.
— Vai levar tempo.
— Talvez uma vida inteira.
Os gritos dos animais acordam Lucas. Ele levanta, vai cuidar dos seus bichos. Dá comida para os porcos, para as galinhas, para os coelhos. Vai até a beira do riacho, busca as cabras e ordenha. Leva o leite para a cozinha. Senta no banco de canto e fica ali, sentado, até a noite cair. Então ele levanta, sai da casa, rega o jardim. É lua cheia. Quando volta para a cozinha, come um pouco de queijo, bebe vinho. Ele vomita, inclinando-se para fora da janela. Arruma a mesa. Entra no quarto da avó, abre a janela para arejar. Senta diante da penteadeira, fica se olhando no espelho. Mais tarde, Lucas abre a porta do seu quarto. Olha para a cama grande. Fecha a porta e parte rumo à cidade.

As ruas estão desertas. Lucas caminha rápido. Ele para diante de uma janela iluminada, aberta. É uma cozinha. Uma família está jantando. Uma mãe e três crianças ao redor da mesa. Dois meninos e uma menina. Eles tomam sopa de batata. O pai não está. Talvez esteja no trabalho, ou na cadeia, ou num campo. Ou então não voltou da guerra.

Lucas passa diante das tabernas barulhentas onde, até muito recentemente, às vezes tocava gaita de boca. Ele não entra, ele segue seu caminho. Pega os becos sem iluminação do castelo, depois a ruazinha escura que leva até o cemitério. Para diante do túmulo do avô e da avó.

A avó morreu no ano passado de um segundo ataque cerebral.

O avô morreu há um bocado de tempo. As pessoas da cidade falavam que ele tinha sido envenenado pela esposa.

O pai de Lucas morreu hoje tentando atravessar a fronteira e Lucas jamais conhecerá o túmulo dele.

Lucas volta para casa. Com o auxílio de uma corda, escala para o sótão. Ali em cima, um colchão de palha, um velho cobertor militar, um baú. Lucas abre o baú, tira dali um grande caderno escolar, escreve nele algumas frases. Fecha o caderno, deita no colchão de palha.

Acima dele, iluminados pela lua através da claraboia, balançam, pendurados em uma viga, os esqueletos da mãe e da bebê.

A mãe e a irmãzinha de Lucas morreram, liquidadas por um obus, há cinco anos, poucos dias antes do fim da guerra, aqui, no jardim da casa da avó.

LUCAS ESTÁ SENTADO NO BANCO DO JARDIM. Seus olhos estão fechados. Uma carroça puxada por um cavalo para em frente à casa. O barulho acorda Lucas. Joseph, o hortelão, entra no jardim. Lucas fica olhando para ele:

— O que você quer, Joseph?

— O que eu quero? Hoje era dia de feira. Fiquei esperando você até as sete.

Lucas diz:

— Por favor, me desculpe, Joseph. Eu esqueci que dia era. Se você quiser, podemos carregar a mercadoria num instante.

— Está de brincadeira? São duas da tarde. Eu não vim para carregar nada, mas para perguntar se você ainda quer que eu venda a sua mercadoria. Se não, é só me dizer. Para mim tanto faz. É para te dar uma mão que eu faço isso.

— Claro que quero, Joseph. Eu simplesmente esqueci que era dia de feira.

— Não foi só hoje que você esqueceu. Também esqueceu na semana passada e na semana retrasada.

Lucas diz:

— Três semanas? Eu não tinha me dado conta.

Joseph abana a cabeça.

— Você não está batendo bem. O que você fez com os legumes e as frutas nas últimas três semanas?

— Nada. Mas eu reguei o jardim todos os dias, eu acho.

— Você acha? Vamos dar uma olhada.

Joseph vai para os fundos da casa até a horta, Lucas vai atrás dele. O hortelão se inclina sobre os canteiros e pragueja:

— Puta que pariu! Você deixou tudo apodrecer! Olha esses tomates caídos no chão, esses feijões grandes demais, esses pepinos amarelos e esses morangos pretos! Você enlouqueceu ou o quê? Desperdiçando mercadoria boa desse jeito! Você merecia ser enforcado ou fuzilado!

As suas ervilhas estão ferradas para esse ano, todos os seus damascos também. As maçãs e as ameixas ainda dá para salvar. Vá buscar um balde!

Lucas busca um balde e Joseph começa a pegar as maçãs e as ameixas caídas na grama. Ele diz a Lucas:

— Pegue outro balde e recolha tudo o que estiver podre. Talvez os porcos comam. Meu Deus! Os bichos!

Joseph sai em disparada para o curral, Lucas vai atrás dele. Joseph diz, enxugando a testa:

— Louvado seja Deus, eles não morreram. Me alcance um forcado que eu limpo um pouco. Que milagre você não ter esquecido de alimentar os animais!

— Eles não se deixam esquecer. É só sentir fome que eles gritam.

Joseph trabalha por horas a fio, Lucas ajuda, obedecendo as ordens dele.

Quando o sol começa a se pôr, eles entram na cozinha.

Joseph diz:

— Que o diabo me carregue! Nunca na vida senti um cheiro desses. O que é que está fedendo tanto assim?

Ele olha em volta, enxerga uma bacia grande cheia de leite de cabra.

— O leite azedou. Tire isso logo daqui, vá despejar no riacho.

Lucas obedece. Quando volta, Joseph já arejou a cozinha, lavou o piso de azulejos. Lucas desce até o porão, volta com uma garrafa de vinho e um pouco de toucinho.

Joseph diz:

— E o pão para comer com isso?

— Não tem.

Joseph levanta sem dizer nada e vai buscar um pedaço de pão na sua carroça.

— Pronto, aqui está. Eu comprei depois da feira. A gente não faz mais lá em casa.

Joseph come e bebe. Ele pergunta:

— Não vai beber? Também não vai comer? O que está acontecendo, Lucas?

— Estou cansado. Não consigo comer.

— Você está pálido por baixo desse rosto bronzeado. E está que é só pele e osso.

— Não é nada. Vai passar.

Joseph diz:

— Eu bem que suspeitava que tinha alguma coisa errada com a sua cabeça. Deve ser algum rabo de saia.

— Não, não é nenhum rabo de saia.

Joseph dá uma piscadela.

— Eu conheço a juventude, meu caro. Mas era só o que me faltava um rapaz tão bonito como você perder o rumo por conta de um namorico.

Lucas diz:

— Não é por conta de um namorico.

— É por conta do que então?

— Não faço ideia.

— Não faz ideia? Nesse caso, seria melhor ver um médico.

— Não precisa se preocupar comigo, Joseph, vai ficar tudo bem.

— Vai ficar tudo bem, vai ficar tudo bem. Ele descuida do jardim, ele deixa o leite azedar, ele não come, ele não bebe e acha que dá para continuar assim.

Lucas não responde.
Ao partir, Joseph diz:
— Escute aqui, Lucas. Para você não esquecer mais quando for dia de feira, eu vou levantar uma hora mais cedo, vou vir acordar você, e a gente vai carregar juntos os legumes, as frutas e os bichos para vender. Fica bom para você?
— Fica. Muito obrigado, Joseph.
Lucas dá outra garrafa de vinho para Joseph e o acompanha até a carroça.
Açoitando o cavalo, Joseph grita:
— Tome cuidado, Lucas! O amor às vezes é mortal.

LUCAS ESTÁ SENTADO no banco do jardim. Seus olhos estão fechados. Quando abre de novo, vê uma menininha se balançando num galho da cerejeira.
Lucas pergunta:
— O que você está fazendo aqui? Quem é você?
A menina pula para o chão, fica mexendo nas fitas cor-de-rosa atadas às pontas das suas tranças:
— A tia Léonie está pedindo para você ir ver o Senhor Pároco. Ele está sozinho, porque a tia Léonie não pode mais trabalhar e está de cama em casa, ela não consegue mais levantar porque está muito velha. A minha mãe não tem tempo para ir ver o Senhor Pároco, porque ela trabalha na fábrica e o meu pai também.
Lucas diz:
— Entendi. Quantos anos você tem?
— Não sei muito bem. A última vez que era o meu aniversário eu tinha cinco anos, mas isso era no inverno.

E agora já é outono e eu poderia ir para a escola se não tivesse nascido tarde demais.

— Já é outono!

A menininha ri:

— Você não sabia? Faz dois dias que é outono, mesmo que a gente ache que é verão porque está calor.

— Quanta coisa que você sabe!

— Sim. Eu tenho um irmão mais velho que me ensina tudo. O nome dele é Simon.

— E você, qual é o seu nome?

— Agnès.

— É um nome bem bonito.

— Lucas também. Eu sei que o Lucas é você porque a minha tia disse: *Vá procurar o Lucas, ele mora na última casa, na frente dos guardas de fronteira.*

— Os guardas não prenderam você?

— Eles não me viram. Eu passei pelos fundos.

Lucas diz:

— Eu ia adorar ter uma irmãzinha como você.

— Você não tem?

— Não. Se eu tivesse uma, ia fazer um balanço para ela. Quer que eu faça um balanço para você?

Agnès diz:

— Eu tenho um em casa. Mas prefiro me balançar em cima de outra coisa. É mais divertido.

Ela pula, agarra o galho enorme da cerejeira e se balança, rindo.

Lucas pergunta:

— Você nunca fica triste?

— Não, porque uma coisa sempre me consola de outra.

Ela pula para o chão:

— É melhor você se apressar para ir ver o Senhor Pároco. A minha tia já tinha me pedido isso ontem e anteontem e antes, mas eu esqueci todos os dias. Ela vai me dar uma bronca.

Lucas diz:

— Não precisa se preocupar. Eu vou hoje à noite.

— Bom, então eu vou para casa.

— Fica mais um pouquinho. Não quer ouvir um pouco de música?

— Que tipo de música?

— Você vai ver. Vem.

Lucas pega a menininha nos braços, entra no quarto, coloca a criança em cima da cama grande, põe um disco no velho gramofone. Sentado no chão ao lado da cama, a cabeça apoiada nos braços, ele escuta.

Agnès pergunta:

— Você está chorando?

Lucas abana a cabeça.

Ela diz:

— Eu estou com medo. Não gostei dessa música.

Lucas pega uma das pernas da menininha com a mão, ele a aperta. Ela grita:

— Está me machucando! Me solte!

Lucas diminui a pressão dos dedos.

Quando o disco termina, Lucas levanta para colocar o outro lado. A menininha sumiu. Lucas fica ouvindo discos até o pôr do sol.

À NOITE, Lucas prepara uma cesta com legumes, batatas, ovos, queijo. Ele mata e limpa uma galinha, também pega leite e uma garrafa de vinho.

Ele toca a campainha na casa paroquial, ninguém vem abrir. Ele entra pela porta de serviço que está aberta, deixa a cesta na cozinha. Bate na porta do quarto, entra.

O pároco, um velhinho alto e magro, está sentado junto à escrivaninha. À luz de uma vela, ele joga xadrez sozinho.

Lucas arrasta uma cadeira para perto da escrivaninha, senta na frente do velho, diz:

— Me desculpe, Meu Padre.

O pároco diz:

— Eu vou pagar pouco a pouco pelo que estou devendo, Lucas.

Lucas pergunta:

— Fazia muito tempo que eu não vinha?

— Desde o início do verão. Você não lembra?

— Não. Quem alimentou o senhor todo esse tempo?

— A Léonie me trazia um pouco de sopa todos os dias. Mas faz alguns dias que ela está doente.

Lucas diz:

— Por favor, me perdoe, Meu Padre.

— Perdoar? Por quê? Eu não te pago já faz tantos meses. Não tenho mais dinheiro. O Estado está separado da Igreja, eu já não sou mais remunerado pelo meu trabalho. Tenho que viver da oferenda dos fiéis. Mas as pessoas têm medo de ficar malvistas por virem na igreja. Só aparecem umas velhas pobres para os ofícios.

Lucas diz:

— Se eu não vim, não foi por causa do dinheiro que o senhor me deve. Foi pior.

— Como assim, pior?

Lucas abaixa a cabeça:

— Eu esqueci completamente do senhor. Também esqueci do meu jardim, da feira, do leite, do queijo. Esqueci até de comer. Por vários meses, dormi no sótão, eu tinha medo de entrar no meu quarto. Foi preciso que uma menininha, a sobrinha da Léonie, aparecesse, hoje, para que eu tivesse coragem de entrar lá. Ela também me lembrou do meu dever com o senhor.

— Você não tem nenhum dever, nenhuma obrigação comigo. Você vende a sua mercadoria, você vive dessa venda. Se eu não posso mais pagar, é normal que você não me traga mais nada.

— Eu estou dizendo, não é por conta do dinheiro. Me entenda.

— Então se explique. Estou ouvindo.

— Eu não sei mais como continuar a viver.

O pároco levanta, segura o rosto de Lucas nas mãos:

— O que aconteceu com você, meu filho?

Lucas abana a cabeça:

— Eu não posso dizer mais do que isso. É como uma doença.

— Entendi. Uma espécie de doença da alma. Por conta da sua tenra idade e talvez também essa sua solidão enorme.

Lucas diz:

— Talvez. Vou preparar a comida e nós dois vamos comer juntos. Eu também não como há bastante tempo. Quando tento comer, vomito. Com o senhor talvez eu consiga.

Ele vai para a cozinha, faz fogo, põe a galinha para cozinhar junto com os legumes. Arruma a mesa, abre a garrafa de vinho.

O pároco vem para cozinha:
— Eu estou dizendo, Lucas, não tenho mais como pagar.
— No entanto, o senhor precisa comer.
— Sim, mas não tem necessidade de um banquete. Um pouco de batata ou de milho já seria suficiente para mim.
Lucas diz:
— O senhor vai comer o que eu trouxer e nós não vamos mais falar de dinheiro.
— Não posso aceitar.
— É mais fácil dar do que aceitar, não é mesmo? O orgulho é um pecado, Meu Padre.
Eles comem em silêncio. Bebem vinho. Lucas não vomita. Depois da refeição ele lava a louça. O pároco volta para o quarto. Lucas se junta a ele:
— Eu tenho que ir agora.
— Onde você vai?
— Eu ando pelas ruas.
— Eu podia ensinar você a jogar xadrez.
Lucas diz:
— Não sei se me interessaria. É um jogo complicado, exige bastante concentração.
— Vamos tentar.
O pároco explica o jogo. Eles jogam uma partida. Lucas ganha. O pároco pergunta:
— Onde você aprendeu a jogar xadrez?
— Nos livros. Mas foi a primeira vez que eu joguei de verdade.
— Você vai voltar para jogar?

Lucas volta todas as noites. O pároco faz alguns progressos, as partidas se tornam interessantes, embora seja sempre Lucas quem ganha.

LUCAS VOLTA A DORMIR NO SEU QUARTO, na cama grande. Já não se esquece dos dias de feira, já não deixa o leite azedar. Ele cuida dos animais, do jardim, da limpeza. Retoma as idas à floresta para buscar cogumelos e lenha seca. Também volta a pescar.

Na infância Lucas pegava os peixes com as mãos ou pescava com linha. Agora ele inventou um sistema que, ao desviar os peixes do curso do riacho, os direciona para um pequeno açude de onde eles não conseguem mais sair. Lucas só tem que pegá-los com uma rede quando precisa de peixe fresco. À noite Lucas come com o pároco, joga uma ou duas partidas de xadrez, depois retoma sua caminhada pelas ruas da cidade.

Uma noite ele entra na primeira taberna que aparece no seu caminho. Antigamente era um café muito bem cuidado, mesmo durante a guerra. Agora é um lugar escuro, quase vazio.

A garçonete, feia e cansada, pergunta com um grito do balcão:

— Quanto?
— Meia.

Lucas vai sentar junto a uma mesa suja de vinho tinto e cinzas de cigarro. A garçonete leva meia jarra de vinho tinto da região. Ela cobra na hora.

Quando termina de beber, Lucas levanta e sai. Ele vai para mais longe, até a Praça Principal. Ele se detém diante da livraria, contempla longamente a vitrine: cadernos escolares, lápis, borrachas e alguns livros.

Lucas entra na taberna do outro lado da rua.

Nessa tem um pouco mais de gente, mas é ainda mais sujo do que na outra. O chão está coberto de serragem.

Lucas senta perto da porta aberta, pois não há nenhuma outra ventilação no lugar.

Um grupo de guardas de fronteira ocupa uma mesa comprida. Tem umas moças com eles. Eles cantam.

Um velhinho maltrapilho vem sentar à mesa de Lucas.

— Sai alguma coisa aí?

Lucas grita:

— Uma jarra e duas taças!

O velhinho diz:

— Não estava pedindo para me pagar uma bebida, só para você tocar. Como antigamente.

— Não posso mais tocar como antigamente.

— Entendo você. Mas toque mesmo assim. Eu ia adorar.

Lucas serve o vinho.

— Beba.

Ele tira a gaita de boca do bolso e começa a tocar uma canção triste, uma canção de amor e de separação.

Os guardas de fronteira e as moças acompanham a canção.

Uma das meninas vem sentar ao lado de Lucas, faz carinho no seu cabelo.

— Olhem como ele é fofo.

Lucas para de tocar, ele se levanta.

A moça ri:

— Bicho do mato!

Lá fora está chovendo. Lucas entra numa terceira taberna, pede mais meia jarra. Quando ele começa a tocar, os rostos se voltam para ele, depois mergulham de novo nos copos. Nessa as pessoas bebem, mas não conversam.

De repente um homem alto e forte, com uma perna amputada, se coloca bem no meio da sala, embaixo da única lâmpada sem luminária, e, apoiado nas suas muletas, entoa um canto proibido.

Lucas o acompanha na gaita da boca.

Os outros clientes terminam rápido seus copos e um por um vão saindo da taberna.

Algumas lágrimas escorrem pelo rosto do homem nos dois últimos versos do canto:

Este povo já expiou
O passado e o futuro.

NO DIA SEGUINTE Lucas vai até a livraria. Escolhe três lápis, um pacote de folhas de papel quadriculado e um caderno grosso. Quando passa no caixa, o livreiro, um homem obeso e pálido, diz:

— Fazia um bom tempo que eu não via você. Esteve fora?

— Não, eu só estava muito ocupado.

— O seu consumo de papel é impressionante. Eu às vezes me pergunto o que você faz com tudo isso.

Lucas diz:

— Eu gosto de preencher folhas brancas com riscos de lápis. Me distrai.

— A essa altura você já deve ter um calhamaço.

— Eu desperdiço bastante. As folhas que não prestam eu uso para acender o fogo.

O livreiro diz:

— Infelizmente, não tenho clientes tão assíduos como você. O meu negócio não está nada bem. Antes da guerra, estava. Tinha muitas escolas aqui. Universidades, internatos, colégios. Os alunos passeavam pelas ruas à noite, eles se divertiam. Tinha também um conservatório de música, concertos, apresentações teatrais todas as semanas. Dê uma olhada lá fora agora. Só tem crianças e velhos. Alguns operários, alguns produtores de vinho. Não tem mais gente jovem. Todas as escolas foram deslocadas para o interior do país, com exceção da escola primária. Os jovens, mesmo os que não estão estudando, vão para outros lugares, para as cidades vivas. A nossa cidade é uma cidade morta, vazia. Zona de fronteira, isolada, esquecida. Todo mundo conhece todo mundo aqui. São sempre as mesmas caras. Ninguém de fora consegue entrar.

Lucas diz:

— Tem os guardas de fronteira. Eles são jovens.

— Tem, coitados. Trancados nas casernas, fazendo patrulha à noite. E a cada seis meses eles são trocados para que não possam se integrar à população. Essa cidade tem dez mil habitantes, mais três mil soldados estrangeiros e dois mil guardas de fronteira daqui mesmo. Antes da guerra tínhamos cinco mil estudantes e turistas no verão. Os turistas vinham tanto do interior do país quanto do outro lado da fronteira.

Lucas pergunta:

— A fronteira era aberta?

— Mas claro. Os camponeses de lá vinham vender as mercadorias deles aqui, os alunos iam para o outro lado para as festas dos vilarejos. O trem também seguia até a próxima cidade grande do outro país. Agora a nossa cidade é o fim da linha. Desembarquem todos! E mostrem os documentos!

Lucas pergunta:

— Dava para ir e vir livremente? Dava para viajar para o estrangeiro?

— É claro. Você nunca soube o que é isso. Agora você não pode nem dar um passo sem que venham pedir a sua carteira de identidade. E a permissão especial para a zona de fronteira.

— E se a pessoa não tiver?

— É melhor que tenha.

— Eu não tenho.

— Qual é a sua idade?

— Quinze anos.

— Você deveria ter. Até as crianças têm uma carteira de identidade emitida pela escola. Como você faz quando sai da cidade e volta?

— Eu nunca saio da cidade.

— Nunca? Você não vai nem até a cidade vizinha quando precisa comprar alguma coisa que não se acha aqui?

— Não. Eu nunca saí dessa cidade desde que a minha mãe me trouxe para cá, há seis anos.

O livreiro diz:

— Se você não quer ter problemas, providencie uma carteira de identidade. Vá até a prefeitura e explique o seu caso. Se encontrar alguma dificuldade, peça para falar com o Peter N. Diga que foi o Victor que enviou você. O Peter vem da mesma cidade que eu. Do norte. Ele ocupa um cargo importante no Partido.

Lucas diz:
— É muito gentil da sua parte. Mas por que eu teria alguma dificuldade para conseguir fazer uma carteira de identidade?
— Nunca se sabe.

Lucas entra num grande edifício perto do castelo. Há bandeiras tremulando na fachada. Diversas placas pretas com letras douradas indicam os escritórios:

gabinete político do partido revolucionário
secretariado do partido revolucionário
associação da juventude revolucionária
associação das mulheres revolucionárias
federação dos sindicatos revolucionários

Do outro lado da porta, uma simples placa cinza com letras vermelhas:

assuntos municipais — primeiro andar

Lucas sobe a escadaria, bate numa janela opaca acima da qual está escrito carteiras de identidade.
Um homem de uniforme cinza abre a janela de correr e fica olhando para Lucas sem dizer nada.
Lucas diz:
— Bom dia, senhor. Eu gostaria de fazer uma carteira de identidade.
— Renovar, você quer dizer. A sua expirou?
— Não, senhor. Eu não tenho. Nunca tive. Me disseram que eu devia fazer uma.
O funcionário pergunta:
— Qual é a sua idade?

— Quinze anos.
— Então de fato você deveria ter uma. Me dê a sua carteira escolar.
Lucas diz:
— Não tenho. Não tenho nenhum tipo de carteira.
O funcionário diz:
— Isso não é possível. Se você ainda não terminou a escola primária, tem a sua carteira escolar; se é universitário, você tem a sua carteira de estudante; se faz curso técnico, você tem a sua carteira de jovem aprendiz.
Lucas diz:
— Me desculpe. Eu não tenho nenhuma delas. Eu nunca fui para a escola.
— Como assim? A escola é obrigatória até os catorze anos.
— Eu fui dispensado da escola por conta de um trauma.
— E agora? O que você faz agora?
— Eu vivo do que planto no meu jardim. Também faço música à noite, nas tabernas.
O funcionário diz:
— Ah, é você. É Lucas T. o seu nome, não?
— Sim.
— E você vive com quem?
— Eu moro na casa da minha avó, perto da fronteira. Sozinho. A minha avó morreu no ano passado.
O funcionário coça a cabeça:
— Olha, o seu caso é especial. Eu preciso me informar. Não posso decidir sozinho. Você vai ter que voltar daqui a alguns dias.
Lucas diz:

— Peter N. talvez possa resolver isso.
— Peter N.? O secretário do Partido? Você conhece ele?
Ele pega o telefone. Lucas diz:
— Quem me recomendou foi o senhor Victor.
O funcionário põe o telefone no gancho. Ele sai da sala.
— Venha. Vamos até o andar de baixo.
Ele bate na porta onde está escrito SECRETARIADO DO PARTIDO REVOLUCIONÁRIO. Eles entram. Um homem jovem está sentado do outro lado de uma escrivaninha. O funcionário entrega para ele uma carteira em branco.
— É sobre uma carteira de identidade.
— Eu cuido disso. Pode ir.
O funcionário sai, o rapaz levanta e estende a mão para Lucas.
— Bom dia, Lucas.
— Você me conhece?
— Todo mundo na cidade conhece você. Fico muito feliz em poder ajudar. Vamos preencher a sua carteira. Sobrenome, nome, endereço, data de nascimento. Você só tem quinze anos? Você é bastante alto para a sua idade. Profissão? Coloco *músico*?
Lucas diz:
— Eu também vivo do cultivo do meu jardim.
— Então a gente escreve *jardineiro*, fica mais sério. Bom, cabelo castanho, olhos cinzentos... Filiação política?
Lucas diz:
— Risque.
— Sim. E aqui o que você quer que eu coloque em *avaliação das autoridades*?

— *Idiota*, se puder. Eu tive um trauma, não sou completamente normal.

O rapaz ri.

— Não é completamente normal? E quem iria acreditar nisso? Mas você tem razão. Uma avaliação dessas pode poupar você de um bocado de inconvenientes. O serviço militar, por exemplo. Então vou escrever *transtornos psíquicos crônicos*. Fica bom assim?

Lucas diz:

— Sim, senhor. Obrigado, senhor.

— Pode me chamar de Peter.

Lucas diz:

— Obrigado, Peter.

Peter se aproxima de Lucas e entrega a carteira. Com a outra mão toca suavemente no rosto dele. Lucas fecha os olhos. Peter o beija demoradamente na boca, segurando a cabeça de Lucas com as mãos. Fica olhando mais um pouco para o rosto de Lucas, depois volta para a escrivaninha.

— Me desculpe, Lucas, a sua beleza me perturbou. Preciso ser mais cuidadoso. Essas coisas são imperdoáveis no Partido.

Lucas diz:

— Ninguém vai ficar sabendo.

Peter diz:

— Não tem como esconder um vício desses a vida inteira. Eu não vou continuar muito tempo nesse cargo. Se estou aqui, é porque desertei, me rendi e voltei com o exército vitorioso dos nossos Libertadores. Eu ainda era estudante quando me mandaram para a guerra.

Lucas diz:

— Você deveria casar ou pelo menos ter uma namorada para afastar as suspeitas. Deve ser fácil para você seduzir uma mulher. Você é bonito, viril. E você é triste. As mulheres gostam dos homens tristes. Além disso você tem uma ótima situação.

Peter ri:

— Não tenho nenhuma vontade de seduzir uma mulher.

Lucas diz:

— No entanto, talvez existam mulheres que se possa amar, de certa maneira.

— Você sabe um bocado de coisas para a sua idade, Lucas!

— Eu não sei de nada, só estou supondo.

Peter diz:

— Qualquer coisa que você estiver precisando, venha me ver.

2

É o último dia do ano. Um frio intenso vindo do norte se abateu sobre a terra.

Lucas desce até o riacho. Ele vai levar alguns peixes para o jantar de ano-novo com o pároco.

Já é noite. Lucas leva um lampião e uma picareta. Começa a cavar o gelo que recobre o açude quando ouve uma criança chorando. Dirige o lampião na direção do choro.

Uma mulher está sentada na pequena ponte que Lucas construiu há vários anos. A mulher está enrolada num cobertor, olhando o riacho, no qual flutuam blocos de neve e de gelo. Um bebê chora debaixo do cobertor.

Lucas se aproxima, pergunta para a mulher:

— Quem é você? O que você está fazendo aqui?

Ela não responde. Seus olhos grandes e negros olham fixamente para a luz do lampião.

Lucas diz:

— Vem.

Ele a envolve com seu braço direito e a conduz na direção da casa enquanto ilumina o caminho. A criança continua chorando.

Na cozinha está quente. A mulher senta, põe um seio para fora e dá de mamar para o bebê.

Lucas desvia o olhar, vai colocar no fogo um resto de sopa de legumes.

A criança dorme no colo da mãe. A mãe fica olhando para Lucas.

— Eu queria afogar ele. Não consegui.
Lucas pergunta:
— Quer que eu faça isso?
— Você conseguiria?
— Eu afoguei ratos, gatos, filhotes de cachorro.
— Uma criança não é a mesma coisa.
— Quer que eu afogue ou não?
— Não, agora não. É tarde demais.

Após um silêncio, Lucas diz:
— Aqui tem um quarto desocupado. Você pode dormir nele com o seu filho.

Ela ergue os olhos negros para Lucas.
— Muito obrigada. Eu me chamo Yasmine.

Lucas abre a porta do quarto da avó:
— Coloque o seu filho na cama. A gente deixa a porta aberta para aquecer o quarto. Depois de comer você vem dormir com ele.

Yasmine deita o filho na cama da avó e volta para a cozinha. Lucas pergunta:
— Está com fome?
— Não como desde ontem à noite.

Lucas serve a sopa numa tigela:
— Coma e vá dormir. A gente conversa amanhã. Eu tenho que sair agora.

Ele volta para o açude, pega dois peixes com a rede e ruma para a casa paroquial.

Prepara a refeição como de costume, come com o pároco, eles jogam uma partida de xadrez. Lucas perde pela primeira vez.

O senhor pároco se aborrece.

— Essa noite você está distraído, Lucas. Está cometendo erros grosseiros. Vamos começar de novo, se concentre.

Lucas diz:

— Estou cansado. Preciso voltar para casa.

— Você ainda vai perambular pelas tabernas.

— O senhor está bem-informado, Senhor Pároco.

O pároco ri.

— Eu vejo muitas mulheres de idade. Elas me contam tudo o que acontece na cidade. Não faça essa cara! Vá, vá se divertir. É noite de ano-novo.

Lucas levanta:

— Eu lhe desejo um feliz ano novo, Meu Padre.

O pároco levanta também, ele põe a mão na cabeça de Lucas.

— Que Deus abençoe você. Que Ele lhe dê paz de espírito.

Lucas diz:

— Eu nunca vou ter paz em mim.

— É preciso orar e esperar, meu filho.

Lucas caminha pela rua. Ele passa diante das tabernas barulhentas sem se deter, acelera o passo, até mesmo corre pela estradinha estreita e sem iluminação que leva à casa da avó.

Abre a porta da cozinha. Yasmine ainda está sentada no banco de canto. Ela abriu a portinhola do fogão, está olhando para o fogo. A tigela, cheia de sopa fria, continua em cima da mesa.

Lucas senta diante de Yasmine.

— Você não comeu.

— Não estou com fome. Ainda estou congelando de frio.

Lucas pega uma garrafa de aguardente na prateleira, serve dois copos.

— Beba. Vai te esquentar por dentro.

Ele bebe, Yasmine também. Ele serve mais. Eles bebem em silêncio. Ouvem os sinos da cidade ao longe.

Lucas diz:

— É meia-noite. Está começando um novo ano.

Yasmine deita a cabeça sobre a mesa, ela chora.

Lucas levanta, tira o cobertor que ainda cobre Yasmine. Acaricia seu cabelo preto, longo, brilhoso. Acaricia também seus seios inchados de leite. Desabotoa a blusa dela, se inclina, bebe o leite.

NO DIA SEGUINTE, Lucas entra na cozinha. Yasmine está sentada no banco com seu bebê no colo.

Ela diz:

— Eu ainda queria dar um banho no meu bebê. Depois eu vou embora.

— Para onde?

— Não sei. Eu não posso continuar nessa cidade depois do que aconteceu.

Lucas pergunta:

— O que foi que aconteceu? É pelo menino? Tem outras mães solteiras na cidade. Seus pais renegaram você?

— Eu não tenho pais. A minha mãe morreu no meu parto. Eu vivia com o meu pai e com a minha tia, irmã da minha mãe. Foi a minha tia que me criou. Quando o meu pai voltou da guerra, casou com ela. Mas ele não gostava dela. Ele só gostava de mim.

Lucas diz:

— Entendi.
— É. E quando a minha tia se deu conta, ela denunciou a gente. O meu pai está na cadeia. Eu trabalhei no hospital como faxineira até dar à luz. Saí do hospital hoje de manhã, bati na porta da nossa casa, a minha tia não abriu para mim. Ela ficou me insultando atrás da porta.
Lucas diz:
— Eu conheço a sua história. Já comentaram nas tabernas.
— Sim, todo mundo fala disso. É uma cidade pequena. Eu não posso ficar aqui. Eu queria afogar o menino e depois passar a fronteira.
— A fronteira é intransponível. Você ia pisar numa mina.
— Para mim tanto faz se eu morrer.
— Quantos anos você tem?
— Dezoito.
— É cedo demais para morrer. Dá para recomeçar a vida longe daqui. Em outra cidade, mais tarde, quando o menino for mais velho. Enquanto isso, pode ficar aqui todo o tempo que quiser.
Ela diz:
— Mas e as pessoas da cidade?
— As pessoas vão parar de fofocar. Elas vão acabar ficando quietas. Você não tem obrigação de ver essas pessoas. Aqui não é a cidade, é a minha casa.
— Você me deixaria ficar na sua casa com o meu filho?
— Você pode morar nesse quarto, pode vir para a cozinha, só não deve nunca entrar no meu quarto nem subir no sótão. Nem me fazer nenhuma pergunta, nunca.
Yasmine diz:

— Eu não vou fazer nenhuma pergunta e não vou incomodar você. Também não vou deixar que o menino incomode você. Vou cuidar da cozinha e da limpeza. Eu sei fazer tudo. Em casa era eu que cuidava de tudo, porque a minha tia trabalha na fábrica.

Lucas diz:

— A água está fervendo. Pode preparar o banho.

Yasmine coloca uma bacia em cima da mesa, ela tira as roupas e as fraldas da criança. Lucas esquenta uma toalha de banho no fogão. Yasmine lava a criança, Lucas fica observando.

Ele diz:

— Ele tem uma deformidade nos ombros.

— Tem. Nas pernas também. Me disseram no hospital. É culpa minha. Eu apertei a barriga com um espartilho para esconder a gravidez. Ele vai ser aleijado. Se pelo menos eu tivesse tido coragem de afogar ele.

Lucas pega o menino enrolado na toalha nos seus braços, fica olhando o rostinho enrugado.

— Não se fala mais sobre isso, Yasmine.

Ela diz:

— Ele vai ser infeliz.

— Você também é infeliz, mesmo não sendo aleijada. Ele talvez não venha a ser mais infeliz do que você, ou do que qualquer outra pessoa.

Yasmine pega o menino, os olhos dela estão cheios de lágrimas:

— Você é bom, Lucas.

— Você sabe o meu nome?

— Todo mundo na cidade conhece você. Dizem que você é louco, mas eu não acredito nisso.

Lucas sai, ele volta com umas tábuas:

— Vou construir um berço para ele.

Yasmine lava a roupa, prepara a refeição. Quando o berço está pronto, eles colocam a criança dentro dele, balançam.

Lucas pergunta:

— Como ele se chama? Já deu um nome para ele?

— Sim. No hospital eles pedem, para registrar na prefeitura. Eu escolhi Mathias. É o nome do meu pai. Não me veio nenhum outro nome à mente.

— Mas você gostava dele tanto assim?

— Era tudo o que eu tinha.

À NOITE Lucas volta da casa paroquial sem parar na taberna. O fogo ainda está queimando no fogão. Pela porta entreaberta, Lucas ouve Yasmine cantando baixinho. Ele entra no quarto da avó. Yasmine, de camisola, embala a criança perto da janela. Lucas pergunta:

— Por que você ainda não foi para a cama?

— Fiquei esperando você.

— Não precisa ficar me esperando. Eu geralmente chego bem mais tarde.

Yasmine sorri:

— Eu sei. Você toca nas tabernas.

Lucas se aproxima, ele pergunta:

— Ele está dormindo?

— Faz um tempão. Mas eu gosto de ficar embalando.

Lucas diz:

— Vamos para a cozinha. Para ele não acordar.

Sentados um de frente para o outro na cozinha, eles bebem aguardente em silêncio. Mais tarde Lucas pergunta:

— Quando começou essa história? Entre seu pai e você?
— Imediatamente. Assim que ele voltou.
— Você tinha quantos anos?
— Doze.
— Ele estuprou você?
Yasmine ri.
— Ah, não! Ele não me estuprou. Ele só ia deitar do meu lado, me abraçava, me beijava, me acariciava, chorava.
— E onde a sua tia estava nessa hora?
— Ela trabalhava na fábrica por turnos. Quando ela fazia o turno da noite, o meu pai ia dormir comigo, na minha cama. Era uma cama estreita num quartinho sem janela. Nós dois éramos felizes naquela cama.

Lucas serve mais aguardente, ele diz:
— Continue!
— Eu estava crescendo. O meu pai acariciava os meus seios, ele dizia: *Daqui a pouquinho você vai ser mulher, você vai ir embora com um rapaz.* Eu dizia: *Não, eu nunca vou ir embora.* Uma noite, enquanto dormia, eu peguei a mão dele e coloquei no meio das minhas pernas. Apertei forte os dedos dele e descobri o prazer pela primeira vez. Na noite seguinte fui eu que pedi para ele me dar de novo aquele prazer maravilhosamente doce. Ele chorava, ele dizia que não devia, que aquilo era errado, mas eu insisti, eu implorei para ele. Então ele se inclinou em cima do meu sexo, ele lambia, chupava, beijava, e o meu prazer foi ainda maior que da primeira vez. Uma noite, ele deitou em cima de mim, ele colocou o sexo dele no meio das minhas coxas, ele me dizia: *Feche as pernas, feche bem apertado, não me*

deixe entrar, eu não quero machucar você. Durante anos nós fizemos amor assim, mas chegou a noite em que eu não consegui mais resistir. O meu desejo por ele era forte demais, eu afastei as pernas, eu estava completamente aberta, ele entrou em mim.

Ela se cala, fica olhando para Lucas. Seus olhos grandes e negros brilham, seus lábios carnudos se entreabrem. Ela tira um seio da camisa e pergunta:

— Quer?

Lucas a agarra pelos cabelos, a arrasta para o quarto, a joga de bruços na cama da avó e a possui, mordendo sua nuca.

Nos dias seguintes Lucas volta para as tabernas. Ele retoma suas caminhadas pelas ruas desertas da cidade.

Chegando em casa vai direto para o seu quarto.

Uma noite, porém, bêbado, ele abre a porta do quarto da avó. A luz da cozinha ilumina a peça. Yasmine está dormindo, a criança também.

Lucas tira a roupa e entra na cama de Yasmine. O corpo de Yasmine está queimando, o de Lucas está congelado. Ela está virada para a parede, ele a abraça pelas costas, coloca seu sexo no meio das coxas de Yasmine.

Ela aperta as coxas, ela geme:

— Pai, ah, pai!

Lucas fala no ouvido dela:

— Bem apertado. Aperta mais.

Ela se debate, ela respira com dificuldade. Ele a penetra, ela grita.

Lucas cobre a boca de Yasmine com a mão, puxa o edredom sobre a cabeça dela.

— Cala a boca. Nós vamos acordar o menino!

Ela morde os dedos dele, chupa o polegar.

Quando termina, eles ficam deitados por alguns minutos, depois Lucas levanta.

Yasmine chora.

Lucas vai para o quarto dele.

É VERÃO. O menino está por todo lado. No quarto da avó, na cozinha, no jardim. Ele sabe engatinhar.

Ele é corcunda, disforme. Tem pernas muito finas, braços muito compridos, um corpo desproporcional.

Ele entra no quarto de Lucas também. Fica tamborilando na porta com seus punhozinhos até Lucas abrir. Ele escala a cama grande.

Lucas coloca um disco no gramofone e o menino se sacode em cima da cama.

Lucas coloca outro disco e o menino se esconde embaixo das cobertas.

Lucas pega uma folha de papel, desenha um coelho, uma galinha, um porco, e o menino ri e dá um beijo na folha.

Lucas desenha uma girafa e um elefante, e o menino abana a cabeça e rasga a folha.

Lucas prepara uma caixa de areia para o menino, compra uma pá, um regador e um carrinho de mão para ele.

Instala um balanço para ele, constrói um carro com uma caixa e umas rodas. Coloca o menino sentado na caixa e o leva para passear. Mostra os peixes para ele, o coloca dentro da gaiola dos coelhos. O menino tenta fazer carinho nos coelhos, mas os coelhos correm, assustados, em todas as direções.

O menino chora.

Lucas vai até a cidade e compra um ursinho de pelúcia.

O menino fica olhando para o urso, pega na mão, *fala* com ele, sacode e o atira aos pés de Lucas.

Yasmine pega o urso, faz um carinho nele.

— O urso é bonzinho. Ele é um ursinho muito bonzinho.

O menino fica olhando para a mãe e começa a bater a cabeça no chão da cozinha. Yasmine põe o urso no chão e pega o menino nos braços. O menino berra, esmurra a cabeça da mãe e dá chutes na barriga dela. Yasmine o solta e o menino se esconde embaixo da mesa até a noite.

À noite Lucas aparece com um gatinho pequeno salvo do forcado de Joseph. De pé no chão da cozinha, o animalzinho mia e treme.

Yasmine coloca um pratinho de leite na frente dele, o gato continua a miar.

Yasmine leva o gato para o berço do menino.

O menino escala o berço, deita do lado do gatinho, o aperta com força contra ele. O gato se debate e arranha o menino no rosto e nas mãos.

Alguns dias depois, o gato come o que lhe é dado e dorme no berço aos pés do menino.

Lucas pede para Joseph arranjar um cachorrinho.

Um dia Joseph chega com um filhotinho preto, de pelo longo e ondulado. Yasmine está estendendo a roupa no jardim, o menino está fazendo a sesta. Yasmine bate na porta de Lucas, ela grita:

— Tem alguém aqui!

Ela se esconde no quarto da avó.

Lucas vai ao encontro de Joseph. Joseph diz:

— Esse é o cachorro que eu prometi para você. É um pastor da grande planície. Vai ser um bom cão de guarda.

Lucas diz:

— Muito obrigado, Joseph. Venha tomar uma taça de vinho.

Eles entram na cozinha, bebem vinho. Joseph pergunta:

— Não vai me apresentar a sua mulher?

Lucas diz:

— A Yasmine não é minha mulher. Ela não tinha para onde ir, eu a acolhi.

Joseph diz:

— A cidade toda conhece a história dela. É uma moça muito bonita. O cachorrinho é para o filho dela, imagino.

— Sim, para o filho da Yasmine.

Antes de ir embora, Joseph diz de novo:

— Você é muito jovem, Lucas, para ter uma mulher e uma criança sob seus cuidados. É uma grande responsabilidade.

Lucas diz:

— Isso é da minha conta.

Depois que Joseph parte, Yasmine sai da casa. Lucas está com o cachorrinho nos braços.

— Olha aqui o que o Joseph trouxe para o Mathias.

Yasmine diz:

— Ele me viu. Não fez nenhum comentário?

— Fez, sim. Que você é muito bonita. Yasmine, não está certo você ficar se preocupando com o que as pessoas podem pensar de nós. Você devia ir até a cidade comigo um dia desses para comprarmos umas roupas para você. Você está com o mesmo vestido desde que chegou aqui.

— Esse vestido é suficiente para mim. Não quero outro. E não vou para a cidade.

Lucas diz:

— Vamos mostrar o cachorro para o Mathias.

O menino está com o gato embaixo da mesa da cozinha.

Yasmine diz:

— Mathi, olha o que tem para você. É um presente.

Lucas senta no banco de canto com o cachorro, o menino escala para o colo dele. Ele fica olhando o cachorro, afasta os pelos que cobrem o focinho. O cachorro lambe o rosto do menino. O gato rosna para o cachorro e foge para o jardim.

FAZ CADA VEZ MAIS FRIO. Lucas diz para Yasmine:

— O Mathias precisa de roupas quentes e você também.

Yasmine diz:

— Eu sei fazer tricô. Só preciso de lã e agulhas.

Lucas compra uma cesta de novelos de lã e vários pares de agulhas de tricô de diferentes tamanhos. Yasmine tricota blusões, meias, cachecóis, luvas, toucas. Com as sobras da lã, ela confecciona cobertores de todas as cores. Lucas a parabeniza.

Yasmine diz:

— Eu também sei costurar. Em casa eu tinha a velha máquina de costura da minha mãe.

— Quer que eu vá buscar?

— Você teria coragem de ir até a casa da minha tia?

Lucas sai levando o carrinho de mão. Ele bate na porta da tia de Yasmine. Uma mulher ainda jovem abre:

— O que você quer?

— Eu vim buscar a máquina de costura da Yasmine.
Ela diz:
— Entre.
Lucas entra numa cozinha muito limpa. A tia de Yasmine o encara.
— Então é você. Pobre rapaz. Você não passa de um menino.
Lucas diz:
— Eu tenho dezessete anos.
— E ela daqui a pouco vai fazer dezenove. Como ela está?
— Bem.
— E a criança?
— Muito bem também.
Depois de um silêncio ela diz:
— Ouvi dizer que a criança nasceu com deformidades. É um castigo de Deus.
Lucas pergunta:
— Onde está a máquina de costura?
A tia abre uma porta que dá para um quartinho estreito, sem janela.
— Tudo o que é dela está aí. Leve.
Tem uma máquina de costura e uma caixa de vime. Lucas pergunta:
— Não tinha mais nada aqui?
— A cama dela. Eu queimei.
Lucas coloca a máquina de costura e a caixa no carrinho de mão. Ele diz:
— Obrigado, senhora.
— Não tem de quê. Bom retorno.

CHOVE COM FREQUÊNCIA. Yasmine costura e tricota. O menino não pode mais brincar no pátio. Ele passa o dia inteiro embaixo da mesa da cozinha com o cachorro e o gato.

O menino já fala algumas palavras, mas ainda não anda. Quando Lucas tenta colocá-lo de pé, ele se debate, foge engatinhando e se refugia embaixo da mesa.

Lucas vai até a livraria. Pega folhas brancas grandes, lápis de cor e livros ilustrados.

Victor pergunta:

— Tem alguma criança na sua casa?

— Sim. Mas não é minha.

Victor diz:

— Tem tantos órfãos. Peter perguntou por você. Você devia ir vê-lo.

Lucas diz:

— Eu ando muito ocupado.

— Entendo. Com uma criança. Na sua idade.

Lucas entra em casa. O menino está dormindo no tapete, embaixo da mesa da cozinha. No quarto da avó, Yasmine está costurando. Lucas coloca o pacote ao lado do menino. Ele entra no quarto, beija Yasmine no pescoço e Yasmine para de costurar.

O menino desenha. Ele desenha o cachorro e o gato. Também desenha outros animais. Desenha árvores, flores, a casa. Também desenha a mãe.

Lucas pergunta para ele:

— E eu, por que você nunca me desenha?

O menino abana a cabeça e se esconde embaixo da mesa com os livros.

NA VÉSPERA DE NATAL, Lucas corta um pinheiro na floresta. Compra bolas de vidro coloridas e velas. No quarto da avó ele decora a árvore com a ajuda de Yasmine. Os presentes são colocados embaixo da árvore: tecidos e um par de botas quentes para Yasmine, um blusão para Lucas, livros e um cavalo de balanço para Mathias.

Yasmine assa um pato no forno. Ela cozinha batatas, repolho, feijão. Os biscoitos já estão prontos há vários dias.

Quando a primeira estrela aparece no céu, Lucas acende as velas na árvore. Yasmine entra no quarto com Mathias nos braços.

Lucas diz:

— Vai pegar os presentes, Mathias. Os livros e o cavalo são para você.

O menino diz:

— Eu quero o cavalo. Que lindo esse cavalo.

Ele tenta subir nas costas do cavalo, sem sucesso. Ele grita:

— O cavalo é muito grande. Foi o Lucas que fez. O Lucas é malvado. Ele fez um cavalo muito grande para o Mathi.

O menino chora e bate a cabeça no assoalho do quarto. Lucas o coloca de pé, dá uma sacudida nele.

— O cavalo não é muito grande. É o Mathias que é muito pequeno, porque ele não quer ficar de pé. Sempre engatinhando, como os animais! Você não é um animal!

Ele segura o queixo do menino para forçá-lo a olhá-lo nos olhos. Diz, com dureza:

— Se você não tentar, você nunca vai andar. Nunca, entendeu?

O menino berra, Yasmine o arranca de Lucas:

— Deixa ele em paz! Daqui a pouco ele vai andar.
Ela senta o menino nas costas do cavalo, ela o balança.
Lucas diz:
— Eu tenho que ir. Bote o menino para deitar e espere por mim. Não vou ficar fora muito tempo.
Ele vai para a cozinha, corta o pato assado ao meio, coloca num prato quente, enfeita com legumes e batatas, enrola o prato com um pano. A refeição ainda está quente quando ele chega na casa paroquial.
Quando terminam de comer, Lucas diz:
— Sinto muito, Meu Padre, eu preciso voltar para casa, estão me esperando.
O pároco diz:
— Eu sei, meu filho. Na verdade o que me surpreende é você ter vindo essa noite. Eu sei que você vive em pecado com uma mulher pecadora e com o fruto do amor pecaminoso dela. Essa criança sequer é batizada, embora tenha o nome de um dos nossos santos.
Lucas fica calado, o pároco diz:
— Venham vocês dois na missa da meia-noite, pelo menos hoje.
Lucas diz:
— Nós não podemos deixar o menino sozinho em casa.
— Pois então venha só você!
Lucas diz:
— O senhor está irritado comigo, Meu Padre?
— Me desculpe, Lucas. Eu me deixei levar pela raiva. Mas é porque considero você como meu próprio filho e porque eu temo pela sua alma.
Lucas diz:

— Continue a me tratar como seu filho, Meu Padre. Eu fico feliz com isso. Mas o senhor sabe que eu nunca vou na igreja.

Lucas volta. Na casa da avó todas as luzes estão apagadas. O gato e o cachorro estão dormindo na cozinha, a metade do pato assado está sobre a mesa, intacta.

Lucas quer entrar no quarto. A porta está fechada à chave. Ele bate, Yasmine não responde.

Lucas vai para a cidade. Atrás das janelas há velas acesas. As tabernas estão fechadas. Lucas fica vagando longamente pelas ruas, depois entra na igreja. A grande igreja está fria, quase vazia. Lucas se encosta na parede, perto da porta. Longe dali, na outra ponta, o pároco oficia no altar.

Uma mão toca no ombro de Lucas. Peter diz:

— Venha, Lucas. Vamos sair.

Na rua ele pergunta:

— O que você estava fazendo aqui?

— E você, Peter?

— Eu segui você. Eu estava saindo da casa do Victor quando vi você.

Lucas diz:

— Eu me sinto perdido nessa cidade quando as tabernas estão fechadas.

— E eu me sinto perdido aqui o tempo todo. Vamos até a minha casa para você se aquecer antes de voltar.

Peter mora numa bela casa na Praça Principal. Na casa dele há poltronas profundas, prateleiras de livros cobrindo as paredes e está quente. Peter serve aguardente:

— Eu não tenho nenhum amigo nesta cidade a não ser o Victor, que é um homem gentil e culto, mas meio entediante. Ele não para de se queixar.

Lucas pega no sono. Ao amanhecer, quando acorda, Peter segue ali olhando para ele, sentado à sua frente.

NO VERÃO SEGUINTE o menino fica de pé. Agarrado às costas do cachorro, ele grita:

— Lucas! Olha! Olha!

Lucas chega correndo. O menino diz:

— O Mathi é maior que o cachorro. O Mathi está de pé.

O cachorro se afasta, o menino cai. Lucas o pega nos braços, levanta acima da cabeça, ele diz:

— O Mathias é maior que o Lucas!

O menino ri. No dia seguinte Lucas compra um triciclo para ele.

Yasmine diz a Lucas:

— Você está gastando muito dinheiro com esses brinquedos.

Lucas diz:

— O triciclo vai ajudar as pernas dele a se desenvolverem.

No outono o menino caminha com segurança, mas com uma claudicação bastante marcada.

Uma manhã Lucas diz a Yasmine:

— Depois do almoço, dê banho no menino e coloque uma roupa limpa nele. Nós vamos ver um médico.

— Um médico? Por quê?

— Você não está vendo que ele manca?

Yasmine responde:

— Já é um milagre ele caminhar.

Lucas diz:

— Eu quero que ele caminhe como todo mundo.

Os olhos de Yasmine se enchem de lágrimas:

— Eu aceito ele do jeito que ele é.

Quando o menino está limpo e vestido, Lucas o pega pela mão.

— Nós vamos dar um longo passeio, Mathias. Quando você cansar, eu carrego você.

Yasmine pergunta:

— Você vai atravessar a cidade com ele até o hospital?

— E por que não?

— As pessoas vão ficar olhando. Vocês podem cruzar com a minha tia.

Lucas não responde.

Yasmine acrescenta:

— Se quiserem ficar com ele lá, você não vai deixar, né, Lucas?

Lucas diz:

— Mas que pergunta!

De volta do hospital Lucas diz apenas:

— Você estava certa, Yasmine.

Ele se tranca no quarto, fica ouvindo seus discos e, quando o menino tamborila na porta, ele não vai abrir.

À noite, quando Yasmine coloca o menino na cama, Lucas entra no quarto da avó. Como todas as noites, ele senta ao lado do berço e conta uma história para Mathias. Quando a história termina, ele diz:

— Daqui a pouquinho esse berço vai ficar pequeno. Vou ter que fazer uma cama para você.

O menino diz:

— Vamos deixar o berço para o cachorro e para o gato.

— Sim, vamos deixar para eles. Vou fazer também uma prateleira para os livros que você já tem e para todos os outros que eu ainda vou comprar para você.

O menino diz:
— Conta outra história.
— Eu tenho que ir trabalhar.
— De noite não tem trabalho.
— Para mim tem sempre trabalho. Eu preciso ganhar bastante dinheiro.
— É para que o dinheiro?
— Para comprar tudo que a gente precisa, nós três.
— Roupas e calçados?
— Sim. E também brinquedos, livros e discos.
— Eu adoro brinquedos e livros. Vá trabalhar.
Lucas diz:
— E você tem que dormir para crescer.
O menino diz:
— Eu não vou crescer, você sabe disso. O médico que disse.
— Você não entendeu direito, Mathias. Você vai crescer. Não tão rápido quanto as outras crianças, mas você vai crescer.
O menino pergunta:
— Por que não tão rápido?
— Porque cada um é diferente. Você vai ser menor que os outros, mas mais inteligente. Tamanho não importa, o que conta é a inteligência.
Lucas sai da casa, mas, em vez de rumar para a cidade, desce até o riacho, senta na grama úmida e fica contemplando a água escura e lamacenta.

3

Lucas diz a Victor:

— Esses livros infantis parecem todos iguais e as histórias que eles contam são ridículas. É inaceitável para uma criança de quatro anos.

Victor encolhe os ombros:

— E o que você queria? Com os livros para adultos é a mesma coisa. Olhe. Uns poucos romances escritos para exaltar o regime. Você fica achando que não existem mais escritores no nosso país.

Lucas diz:

— Sim, eu conheço esses romances aí. Não valem nem o peso do papel. Que fim levaram os livros de antigamente?

— Proibidos. Desaparecidos. Retirados de circulação. Talvez você consiga encontrar alguns na biblioteca, se ela ainda existir.

— Biblioteca aqui, na nossa cidade? Nunca ouvi falar. Onde fica?

— Na primeira rua à esquerda, saindo do castelo. Não sei o nome da rua, porque isso fica mudando o tempo todo. Eles batizam e desbatizam as ruas incessantemente.

Lucas diz:

— Eu descubro.

A rua indicada por Victor está vazia. Lucas espera. Um velho sai de uma casa. Lucas pergunta para ele:

— O senhor sabe onde fica a biblioteca?

O velho aponta uma velha casa cinza, decadente.

— É ali. Mas não por muito tempo, eu acho. Parece que eles estão se mudando. Toda semana chega um caminhão para levar os livros.

Lucas entra na casa cinza. Ele percorre um longo corredor escuro que termina numa porta de vidro onde uma placa enferrujada indica: BIBLIOTECA PÚBLICA.

Lucas bate. Uma voz feminina responde:

— Pode entrar!

Lucas entra numa grande sala iluminada pelo pôr do sol. Uma mulher de cabelos grisalhos está sentada atrás de um balcão. Ela usa óculos. Ela pergunta:

— Posso ajudar?

— Eu queria retirar uns livros.

A mulher tira os óculos, fica olhando para Lucas:

— Retirar uns livros? Desde que eu cheguei aqui, ninguém veio retirar livros.

— A senhora está aqui há muito tempo?

— Dois anos. Fui encarregada de colocar as coisas em ordem por aqui. Tenho que fazer uma triagem das obras e descartar as que estão no índex.

— E o que acontece depois? O que a senhora faz com elas?

— Eu coloco nessas caixas e eles são levados e colocados no triturador.

— E tem muitos livros no índex?

— Quase todos.

Lucas fica olhando aquelas grandes caixas cheias de livros:

— Que trabalho triste esse seu.

Ela pergunta:

— Você gosta de livros?

— Eu li todos os livros do Senhor Pároco. Ele tem muitos, mas nem todos são interessantes.

Ela sorri.

— Posso imaginar.

— Eu li também aqueles que estão disponíveis no comércio. Esses são ainda menos interessantes.

Ela sorri de novo.

— Que tipo de livro você gostaria de ler?

— Livros que estão no índex.

Ela recoloca os óculos e diz:

— Impossível. Lamento. Vá embora daqui!

Lucas não se mexe. Ela repete:

— Eu falei para você ir.

Lucas diz:

— A senhora se parece com a minha mãe.

— Quando ela era nova, eu espero.

— Não. A minha mãe era mais nova que a senhora quando ela morreu.

Ela diz:

— Me desculpe. Eu sinto muito.

— A minha mãe ainda tinha o cabelo preto. Já a senhora tem cabelo grisalho e usa óculos.

A mulher levanta.

— São cinco horas. Estou fechando.

Na rua Lucas diz:

— Eu acompanho a senhora. Pode deixar que eu carrego a sua sacola. Parece bem pesada.

Eles andam em silêncio. Perto da estação ferroviária, em frente a uma casinha baixa, ela para.

— Eu moro aqui. Obrigada. Como você se chama?

— Lucas.
— Obrigada, Lucas.
Ela pega a sacola. Lucas pergunta:
— O que tem aí dentro?
— Briquetes de carvão.
No dia seguinte, no fim da tarde, Lucas volta à biblioteca. A mulher de cabelo grisalho está sentada junto ao balcão. Lucas diz:
— A senhora esqueceu de me emprestar um livro ontem.
— Eu expliquei que era impossível.
Lucas pega um livro de uma das grandes caixas:
— Me deixe levar um só. Esse aqui.
Ela levanta a voz:
— Você nem chegou a ver o título. Coloque esse livro de volta na caixa e vá embora daqui!
Lucas coloca o livro de volta na caixa.
— Não fique brava. Não vou levar nenhum livro. Vou esperar a hora de fechar.
— Você não vai esperar coisa nenhuma! Saia daqui, seu provocadorzinho! Que pouca vergonha! Com essa idade!
Ela começa a soluçar.
— Quando vão parar de me espionar, de me espiar, de suspeitar de mim?
Lucas sai da biblioteca, vai sentar na escada da casa do outro lado da rua, fica esperando. Pouco depois das cinco, a mulher chega, sorridente.
— Me desculpe. Eu tenho tanto medo. Tenho medo o tempo todo. De todo mundo.
Lucas diz:

— Não vou pedir mais livros. Eu só voltei por causa da sua semelhança com a minha mãe.

Ele tira uma foto do bolso.

— Olha.

Ela olha a foto.

— Não vejo nenhuma semelhança. A sua mãe é jovem, bonita, elegante.

Lucas pergunta:

— Por que a senhora usa sapatos baixos e essa roupa sem cor? Por que se comporta como uma mulher velha?

Ela diz:

— Eu tenho trinta e cinco anos.

— A mesma idade da minha mãe na foto. A senhora poderia pelo menos pintar o cabelo.

— O meu cabelo ficou branco numa única noite. A noite em que *eles* enforcaram o meu marido por alta traição. Isso faz três anos.

Ela entrega sua sacola para Lucas.

— Me acompanhe.

Na frente da casa Lucas pergunta:

— Posso entrar?

— Ninguém entra na minha casa.

— Por quê?

— Eu não conheço ninguém nessa cidade.

— Agora já conhece alguém, eu.

Ela sorri.

— Bom. Entre, Lucas.

Na cozinha Lucas diz:

— Eu não sei o seu nome. Não quero ficar sempre chamando você de *senhora*.

— Meu nome é Clara. Você pode levar a sacola para a sala e esvaziar do lado da estufa. Vou preparar um chá.

Lucas esvazia os briquetes de carvão numa caixa de madeira. Ele vai até a janela, vê um jardinzinho abandonado e mais longe o lastro de uma via férrea invadida por ervas daninhas.

Clara chega na sala.

— Esqueci de comprar açúcar.

Ela coloca uma bandeja em cima da mesa, vai para perto de Lucas.

— É tranquilo aqui. Os trens não passam mais.

Lucas diz:

— É uma bela casa.

— É um imóvel funcional. Pertencia a pessoas que se expatriaram.

— Os móveis também?

— Os móveis desse cômodo, sim. Nos outros são os meus móveis. A minha cama, a minha escrivaninha, a minha estante de livros.

Lucas pergunta:

— Posso ver o seu quarto?

— Outra hora talvez. Venha tomar o seu chá.

Lucas toma um pouco de chá amargo, depois diz:

— Eu preciso ir, tenho trabalho a fazer. Mas eu poderia voltar mais tarde.

Ela diz:

— Não, não volte. Eu vou para a cama bem cedo para economizar carvão.

Quando Lucas chega em casa, Yasmine e Mathias estão na cozinha. Yasmine diz:

— O pequeno não queria ir para a cama sem você. Já dei comida para os animais, ordenhei as cabras.

Lucas conta uma história para Mathias, depois passa na casa paroquial. Por fim volta até a casinha na rua da estação. Já não há mais luz.

LUCAS ESTÁ ESPERANDO NA RUA. Clara sai da biblioteca. Ela não está com sua sacola. Ela diz a Lucas:
— Você não vai ficar me esperando aqui todos os dias, vai?
— Por quê? Você se importa?
— Sim. É ridículo e é inútil.
Lucas diz:
— Eu queria acompanhar você.
— Não estou com a minha sacola. Além disso, não vou direto para casa. Tenho que fazer umas compras.
Lucas pergunta:
— Posso ir na sua casa mais tarde, à noite?
— Não!
— Por quê? Hoje é sexta. Você não vai trabalhar amanhã. Você não precisa ir para a cama cedo.
Clara diz:
— Chega! Não se preocupe comigo nem com a minha hora de ir para a cama. Pare de ficar me esperando e me seguindo como um cachorrinho.
— Então eu não vou ver você até segunda?
Ela suspira, abana a cabeça:
— Nem segunda, nem qualquer outro dia. Pare de me importunar, Lucas, por favor. O que você quer de mim afinal?
Lucas diz:

— Eu gosto de ver você. Mesmo com essa sua roupa velha e esse cabelo grisalho.

— Rapazinho abusado!

Clara lhe dá as costas e sai andando na direção da Praça Principal. Lucas vai atrás dela.

Clara entra numa loja de roupas, depois numa loja de calçados. Lucas espera bastante. Depois ela também vai a uma mercearia. Está com os dois braços carregados quando volta para a rua da estação. Lucas a alcança.

— Me deixe ajudar.

Clara diz sem se deter:

— Pare de insistir! Vá embora daqui! E não apareça nunca mais na minha frente!

— Certo, Clara. Eu não vou aparecer nunca mais na sua frente.

Lucas volta para casa. Yasmine diz:

— O Mathias já está na cama.

— Já? Por quê?

— Acho que está fazendo birra.

Lucas entra no quarto da avó:

— Já está dormindo, Mathias?

O menino não responde. Lucas sai do quarto. Yasmine pergunta:

— Você vai voltar tarde hoje à noite?

— É sexta.

Ela diz:

— O jardim e os animais já rendem o suficiente. Você devia parar de tocar nas tabernas, Lucas. Não vale a pena passar a noite toda lá pelas poucas moedas que você ganha.

Lucas não responde. Ele faz suas tarefas noturnas e vai para a casa paroquial.

O pároco diz:

— Faz um bocado de tempo que nós não jogamos xadrez.

Lucas diz:

— Eu ando muito ocupado ultimamente.

Ele vai até a cidade, entra numa taberna, toca gaita de boca, bebe. Ele bebe em todas as tabernas da cidade e vai de novo até a casa de Clara.

Na janela da cozinha a luz é filtrada por duas cortinas fechadas. Lucas contorna o quarteirão, volta pelos trilhos do caminho de ferro, entra no jardim de Clara. Aqui as cortinas são mais finas, Lucas consegue distinguir duas silhuetas no cômodo onde entrou ontem. Um homem vai e vem pela sala, Clara está encostada na estufa. O homem se aproxima dela, se afasta, se aproxima de novo. Ele fala. Lucas ouve a voz dele, mas não consegue entender o que está dizendo.

As duas silhuetas se juntam. Isso dura bastante. Elas se separam. A luz acende no quarto. Não tem mais ninguém na sala de estar.

Quando Lucas vai para a outra janela, a luz se apaga.

Lucas volta para a frente da casa. Escondido na sombra, ele espera.

De manhã cedinho um homem sai da casa de Clara e se afasta a passos largos. Lucas o segue. O homem entra numa das casas da Praça Principal.

De volta em casa Lucas entra na cozinha para beber água. Yasmine sai do quarto da avó.

— Fiquei esperando você a noite toda. São seis da manhã. Onde você estava?

— Na rua.

— Qual é o problema com você, Lucas?
Ela aproxima a mão para acariciar o rosto dele. Lucas afasta a mão, sai da cozinha e se tranca no quarto.

SÁBADO À NOITE Lucas vai de uma taberna para outra. As pessoas estão bêbadas e generosas.
De repente, através da fumaça, Lucas *a* vê. Ela está sentada, sozinha, perto da entrada, bebendo vinho tinto. Lucas vai sentar à mesa dela.
— Clara! O que você está fazendo aqui?
— Eu não estava conseguindo dormir. Me deu vontade de ver pessoas.
— Essa gente?
— Qualquer pessoa. Não consigo ficar em casa sozinha, sempre sozinha.
— Você não estava sozinha ontem à noite.
Clara não responde, serve mais vinho, bebe. Lucas tira o copo da mão dela.
— Chega!
Ela ri.
— Não. Não chega. Eu quero beber mais e mais.
— Não aqui! Não com essa gente!
Lucas segura firme o punho de Clara. Ela fica olhando para ele, murmura:
— Eu estava procurando você.
Lucas diz:
— Você não queria mais me ver.
Ela não responde, vira o rosto.
Os clientes pedem mais música.
Lucas joga umas moedas em cima da mesa.
— Vamos!

Ele segura Clara pelo braço e a guia para a saída.

Comentários e risadas grosseiras acompanham os dois.

Lá fora está chovendo. Clara cambaleia, ela escorrega nos seus saltos altos. Lucas precisa praticamente carregá-la.

No quarto ela cai na cama, tremendo. Lucas tira os sapatos dela e a cobre. Vai até o outro cômodo, acende o fogo na estufa que aquece os dois ambientes. Vai preparar chá na cozinha, volta com duas xícaras. Clara diz:

— Tem rum no armário da cozinha.

Lucas traz o rum, despeja um pouco nas xícaras. Clara diz:

— Você é muito novo para beber.

Lucas diz:

— Eu tenho vinte anos. Aprendi a beber com doze.

Clara fecha os olhos.

— Eu podia ser sua mãe.

Mais tarde ela diz:

— Fique aqui. Não me deixe sozinha.

Lucas senta na cadeira da escrivaninha e fica olhando o quarto. Fora a cama, há somente a grande escrivaninha e uma pequena estante de livros. Ele olha os livros, não tem nada de interessante, ele já os conhece.

Clara dorme. Um dos braços dela pende para fora da cama. Lucas pega esse braço. Beija o dorso da mão, depois a palma. Começa a lambê-la, sua língua vai subindo até o cotovelo. Clara não se mexe.

Lucas coloca o edredom para o lado. O corpo de Clara está diante dele, branco e preto.

Enquanto Lucas estava na cozinha, Clara tinha tirado a saia, o blusão de lã. Agora Lucas tira as meias pretas, a cinta-liga preta, o sutiã preto. Cobre de novo o corpo branco com o edredom. Depois ele queima as roupas íntimas na estufa do outro cômodo. Arrasta uma poltrona, se instala ao lado da cama. Vê um livro no chão. Fica olhando para ele. É um livro antigo e gasto, a folha de guarda tem o carimbo da biblioteca. Lucas lê, as horas passam.

Clara começa a gemer. Os olhos dela continuam fechados, o rosto está coberto de suor, a cabeça vira de um lado para o outro no travesseiro, ela murmura palavras incompreensíveis.

Lucas vai até a cozinha, molha um pano, coloca sobre a testa de Clara. As palavras incompreensíveis se tornam berros.

Lucas a sacode para acordá-la. Ela abre os olhos.

— Na gaveta da escrivaninha. Calmantes. Uma caixa branca.

Lucas encontra os calmantes, Clara engole dois com o resto do chá já frio. Ela diz:

— Não é nada. É sempre o mesmo pesadelo.

Ela fecha os olhos. Quando sua respiração se torna regular, Lucas vai embora. Leva o livro com ele.

Vai andando devagar sob a chuva pelas ruas desertas até a casa da avó, do outro lado da cidade.

Na tarde de domingo Lucas volta para a casa de Clara. Bate na porta da cozinha.

Clara pergunta:

— Quem é?

— Sou eu, o Lucas.

Clara abre a porta. Ela está pálida, usando um roupão vermelho bem velho.

— O que você quer?

Lucas diz:

— Eu estava passando. Fiquei me perguntando se você estava bem.

— Eu estou me sentindo muito bem, sim.

A mão dela, que segura a porta, está tremendo.

Lucas diz:

— Me desculpe. Eu estava com medo.

— Do quê? Você não precisa ter medo por minha causa.

Lucas diz baixinho:

— Clara, por favor, me deixe entrar.

Clara abana a cabeça:

— Você tem o dom da insistência, Lucas. Então entre e pegue um pouco de café.

Eles sentam na cozinha, tomam café.

Clara pergunta:

— O que foi que aconteceu ontem à noite?

— Você não lembra?

— Não. Eu estou em tratamento desde a morte do meu marido. Os remédios que eu tenho que tomar às vezes têm um efeito desastroso para a minha memória.

Lucas diz:

— Eu trouxe você da taberna. Se você está tomando remédio, seria melhor evitar beber.

Ela esconde o rosto entre as mãos.

— Você não tem nem como imaginar tudo o que eu vivi.

Lucas diz:

— Eu conheço a dor da separação.

— A morte da sua mãe.

— E uma outra coisa. A partida de um irmão com quem eu formava um só ser.

Clara levanta a cabeça, fica olhando para Lucas.

— Nós também, Thomas e eu, nós éramos um único ser. *Eles* o assassinaram. Assassinaram o seu irmão também?

— Não. Ele partiu. Atravessou a fronteira.

— Por que você não foi com ele?

— Um de nós tinha que ficar aqui para cuidar dos bichos, do jardim, da casa da avó. Também tínhamos que aprender a viver um sem o outro. Sozinhos.

Clara põe a mão sobre a mão de Lucas.

— Qual é o nome dele?

— Claus.

— Ele vai voltar. Já o Thomas, ele não vai mais voltar.

Lucas levanta.

— Quer que eu acenda o fogo na sala? Você está com as mãos congeladas.

Clara diz:

— Seria bom. Vou fazer uns crepes. Ainda não comi nada hoje.

Lucas limpa a estufa. Não sobrou nenhum vestígio das roupas íntimas pretas. Ele acende o fogo e volta para a cozinha:

— Não tem mais carvão.

Clara diz:

— Eu busco no porão.

Ela pega um balde de latão. Lucas diz:

— Pode deixar que eu vou.

— Não! Lá não tem luz. Eu estou acostumada.

Lucas se acomoda numa poltrona da sala, tira do bolso o livro que tinha levado da casa de Clara. Começa a ler.

Clara chega com os crepes.
Lucas pergunta:
— E o seu namorado, quem é?
— Você andou me espionando?
Lucas diz:
— É para ele que você comprou roupas íntimas pretas, é para ele que você colocou sapatos de salto alto. Você devia ter pintado o cabelo também.
Clara diz:
— Nada disso é da sua conta. O que você está lendo?
Lucas entrega o livro:
— Peguei emprestado ontem. Gostei bastante.
— Você não tinha o direito de levar isso para a sua casa. Eu tenho que devolver para a biblioteca.
Lucas diz:
— Não fique brava, Clara. Por favor, me desculpe.
Clara dá as costas:
— E as minhas roupas íntimas? Pegou emprestado também?
— Não. Eu queimei.
— Você queimou? Com que direito?
Lucas levanta:
— É melhor eu ir embora, eu acho.
— Sim, vá embora daqui. Tem gente esperando você.
— Quem está me esperando?
— Esposa e filho, pelo que me disseram.
— A Yasmine não é minha esposa.
— Ela mora na sua casa há quatro anos com o filho.
— O menino não é meu filho, mas agora ele é meu.

NA SEGUNDA-FEIRA Lucas está esperando em frente à biblioteca. A noite cai e Clara não aparece. Lucas entra na velha casa cinza, percorre o longo corredor, bate na porta de vidro. Nenhuma resposta, a porta está fechada à chave.

Lucas corre para a casa de Clara. Entra na cozinha sem bater, depois na sala de estar. A porta do quarto está entreaberta. Lucas chama:

— Clara?

— Venha, Lucas.

Lucas entra no quarto. Clara está na cama. Lucas senta na beira da cama, segura a mão de Clara, está ardendo. Encosta na testa dela.

— Vou procurar um médico.

— Não, não precisa. É só um resfriado. Estou com dor de cabeça e de garganta, só isso.

— Você tem remédios para dor e febre?

— Não, não tenho nada. Amanhã a gente vê. Só acenda o fogo e faça um pouco de chá.

Enquanto toma o chá, ela diz:

— Obrigada por ter vindo, Lucas.

— Você sabia que eu ia voltar.

— Eu esperava que sim. É terrível estar doente quando você está completamente sozinha.

Lucas diz:

— Você nunca mais vai estar sozinha, Clara.

Clara aperta firme a mão de Lucas contra sua bochecha:

— Eu fui muito ruim com você.

— Você me tratou como um cachorro. Mas não tem importância.

Ele faz um carinho no cabelo de Clara, molhado de suor.
— Tente dormir. Eu vou procurar algum remédio e volto.
— A farmácia provavelmente já fechou.
— Eu faço abrir.
Lucas corre até a Praça Principal, toca na casa do único farmacêutico da cidade. Toca várias vezes. Uma janelinha enfim se abre na porta de madeira, o farmacêutico pergunta:
— O que você quer?
— Remédios para febre e dor. É urgente.
— Você tem receita?
— Não tive tempo de falar com o médico.
— Não me surpreende. O problema é que, sem receita, é caro.
— Não interessa.
Lucas tira uma nota do bolso, o farmacêutico traz um tubo de comprimidos.
Lucas corre até a casa da avó. Yasmine e o menino estão na cozinha. Yasmine diz:
— Já cuidei dos animais.
— Obrigado, Yasmine. Você pode levar a comida para o Senhor Pároco essa noite? Eu estou com pressa.
Yasmine diz:
— Eu não conheço o Senhor Pároco. Nem quero conhecer.
— É só deixar a cesta em cima da mesa da cozinha.
Yasmine fica calada, olhando para Lucas. Lucas se volta para Mathias.

— Essa noite é a Yasmine que vai contar uma história para você.

O menino diz:

— A Yasmine não sabe contar histórias.

— Então é você que vai contar uma para ela. E vai fazer um desenho bem bonito para mim.

— Sim, um desenho bem bonito.

Lucas volta para a casa de Clara. Dilui dois comprimidos num copo com água, leva para ela.

— Beba.

Clara obedece. Logo depois ela adormece.

Lucas desce até o porão com sua lanterna. Num canto, há uma pequena pilha de carvão e uns sacos alinhados ao longo das paredes. Alguns sacos estão abertos, outros estão amarrados com barbante. Lucas olha num dos sacos, está cheio de batatas. Desata o barbante de outro saco, que tem briquetes de carvão. Ele despeja o saco no chão, caem quatro ou cinco briquetes e uns vinte livros.

Lucas escolhe um livro e coloca os outros de volta no saco. Sobe com o livro e com o balde de carvão.

Sentado ao lado da cama de Clara, ele lê.

De manhã Clara pergunta:

— Você ficou aqui a noite toda?

— Sim. Dormi muito bem.

Ele prepara um chá, dá os comprimidos para Clara, aviva o fogo. Clara mede a temperatura, ainda está com febre.

Lucas diz:

— Fique na cama. Eu volto pelo meio-dia. O que você tem vontade de comer?

Ela diz:
— Não estou com fome. Mas você poderia passar na prefeitura e avisar que eu estou doente?
— Pode deixar. Não precisa se preocupar.

Lucas passa na prefeitura, depois volta para casa, mata uma galinha e coloca para cozinhar junto com alguns legumes. Ao meio-dia vai levar a canja para Clara. Ela toma um pouco.
Lucas diz:
— Ontem à noite eu desci no porão para buscar carvão. Eu vi os livros. É na sacola que você carrega, não é?
Ela diz:
— Sim. Eu não posso aceitar que *eles* destruam todos.
— Você me deixa ler?
— Leia tudo o que você quiser. Mas tome cuidado. Eu corro o risco de ser deportada.
— Eu sei.
Perto do fim da tarde Lucas volta para casa. No jardim não tem nada para fazer nesta época do ano. Ele cuida dos animais, depois fica ouvindo discos no quarto. O menino bate na porta, Lucas deixa entrar.
O menino se acomoda na cama grande e pergunta:
— Por que a Yasmine chora?
— Ela chora?
— Sim. Quase o tempo todo. Por quê?
— Ela não conta por quê?
— Eu tenho medo de perguntar para ela.
Lucas se vira para mudar o disco.
— Ela provavelmente chora por causa do pai dela, que está na cadeia.

— O que é cadeia?
— É uma casa bem grande com barras nas janelas. As pessoas ficam presas lá.
— Por quê?
— Por todo tipo de motivo. Elas são consideradas perigosas. O meu pai também ficou preso.
O menino levanta seus olhos grandes e negros para Lucas.
— Podem prender você também?
— Sim, eu também.
O menino funga, seu queixo treme.
— E eu?
Lucas o coloca no colo, dá um beijo nele.
— Não, você não. Crianças não são presas.
— Mas e quando eu for grande?
Lucas diz:
— Até lá as coisas vão ter mudado e ninguém mais vai ser preso.
O menino fica calado por um momento, depois pergunta:
— Esses que estão presos, eles nunca mais vão poder sair da cadeia?
Lucas diz:
— Um dia eles vão sair.
— O pai da Yasmine também?
— Sim, com certeza.
— E aí ela não vai mais chorar?
— É, aí ela não vai mais chorar.
— E o seu pai também vai sair?
— Ele já saiu.
— Onde ele está?

— Ele morreu. Ele sofreu um acidente.
— Se ele não tivesse saído, ele não ia ter sofrido um acidente.
Lucas diz:
— Agora eu tenho que ir. Volte para a cozinha e não fale com a Yasmine sobre o pai dela, senão ela vai chorar ainda mais. Seja obediente e bonzinho com ela.
De pé na soleira da cozinha, Yasmine pergunta:
— Está saindo, Lucas?
Lucas fica imóvel perto do portão do jardim. Ele não responde.
Yasmine diz:
— Eu só queria saber se eu tenho que ir de novo na casa do Senhor Pároco.
Lucas responde sem se virar:
— Sim, por favor, Yasmine. Eu não estou com tempo.
Lucas passa as noites com Clara até sexta-feira.
Na manhã de sexta Clara diz:
— Eu estou melhor. Vou voltar para o trabalho segunda. Não precisa mais passar as noites aqui. Você já dedicou muito do seu tempo para mim.
— O que você está querendo dizer, Clara?
— Essa noite eu gostaria de ficar sozinha.
— *Ele* está de volta! É isso?
Ela baixa os olhos sem responder. Lucas diz:
— Você não pode fazer isso comigo!
Clara olha Lucas nos olhos.
— Você criticou o meu comportamento de velha. Você estava certo. Eu ainda sou nova.
Lucas pergunta:

— Quem é? Por que ele só vem na sexta? Por que ele não casa com você?

— Ele é casado.

Clara chora. Lucas pergunta:

— Por que você está chorando? Eu é que devia estar chorando.

À NOITE Lucas volta à taberna. Depois de fechar, ele passeia pelas ruas. Está nevando. Lucas para em frente à casa de Peter. As janelas estão escuras. Lucas toca a campainha, ninguém aparece. Lucas toca de novo. Uma janela se abre, Peter pergunta:

— O que é?

— Sou eu, Lucas.

— Espere, Lucas. Estou indo.

A janela se fecha e logo em seguida a porta se abre. Peter diz:

— Entre, alma errante.

Peter está de chambre. Lucas diz:

— Acordei você. Me desculpe.

— Não tem problema. Sente.

Lucas senta numa poltrona de couro.

— Não estou a fim de voltar para casa com este frio. É longe demais e eu bebi demais. Posso dormir aqui?

— Claro que pode, Lucas. Pode usar a minha cama. Eu fico no sofá.

— Prefiro o sofá. Assim eu posso ir embora quando acordar sem incomodar você.

— Como quiser, Lucas. Se acomode. Vou buscar um cobertor.

Lucas tira o casaco e as botas, deita no sofá. Peter volta com um cobertor grosso. Ele cobre Lucas, coloca almofadas sob a cabeça dele, senta ao seu lado no sofá:
— Qual é o problema, Lucas? É por causa da Yasmine?
Lucas abana a cabeça.
— Está tudo bem em casa. Eu só queria ver você.
Peter diz:
— Não acredito em você, Lucas.
Lucas pega a mão de Peter e a aperta firme no seu baixo-ventre. Peter recolhe a mão, ele se ergue.
— Não, Lucas. Não entre nesse mundo que é o meu.
Ele vai para o quarto, fecha a porta.
Lucas espera. Algumas horas depois ele levanta, abre cuidadosamente a porta, se aproxima da cama de Peter. Peter está dormindo. Lucas sai do quarto, fecha a porta, calça as botas, pega o casaco, verifica suas *armas* no bolso e sai da casa sem fazer barulho. Vai até a rua da estação, fica esperando na frente da casa de Clara.
Um homem sai da casa, Lucas o segue, depois passa dele na calçada oposta. Para chegar em casa, o homem precisa passar ao lado de um pequeno parque. É ali que Lucas vai se esconder, atrás dos arbustos. Ele enrola seu grande cachecol vermelho, tricotado por Yasmine, em volta da cabeça, e, quando o homem se aproxima, pula na frente dele. Ele o reconhece. É um dos médicos que examinaram Mathias no hospital.
O médico diz:
— Quem é você? O que você quer?
Lucas agarra o homem pelo colarinho do casaco, saca uma navalha do bolso:

— Da próxima vez que você voltar na casa dela, eu corto a sua garganta.

— Você é completamente louco! Eu estou voltando do hospital, era minha noite de plantão.

— Não adianta mentir. Eu não estou de brincadeira. Eu sou capaz de qualquer coisa. Hoje é só um aviso.

Do bolso da jaqueta Lucas tira uma meia cheia de cascalho e desfere uma pancada na cabeça do homem, que cai desacordado no chão coberto de gelo.

Lucas retorna para a casa de Peter, volta a deitar no sofá e adormece. Peter o acorda às sete horas com café.

— Eu já tinha vindo ver você. Achei que tivesse voltado para casa.

Lucas diz:

— Eu não tirei os pés daqui a noite toda. É importante, Peter.

Peter fica olhando longamente para ele:

— Está bem, Lucas.

Lucas volta para casa. Yasmine diz:

— Um policial veio aqui. Você tem que se apresentar na delegacia. O que está acontecendo, Lucas?

Mathias diz:

— Eles vão prender o Lucas na cadeia. E o Lucas nunca mais vai voltar.

O menino ri com escárnio. Yasmine o agarra pelo braço e dá um tapa nele.

— Quer calar essa boca?

Lucas arranca o menino de Yasmine e o segura nos braços. Ele enxuga as lágrimas que correm pelo rosto dele.

— Não tenha medo, Mathias. Não vão me prender.

O menino crava seus olhos nos olhos de Lucas. Ele não está mais chorando. Ele diz:
— Que pena.

LUCAS SE APRESENTA NO POSTO POLICIAL. Indicam para ele o gabinete do delegado. Lucas bate e entra. Clara e o médico estão sentados diante do policial.
O delegado diz:
— Bom dia, Lucas. Sente.
Lucas senta numa cadeira ao lado do homem que nocauteou há algumas horas.
O delegado pergunta:
— O senhor reconhece o seu agressor, doutor?
— Eu estou dizendo, eu não fui agredido. Eu escorreguei no chão congelado.
— E o senhor caiu de costas. Os nossos agentes encontraram o senhor deitado de costas. O estranho é que o senhor está com um hematoma na testa.
— Eu provavelmente caí de frente, depois me virei, quando comecei a recobrar os sentidos.
O delegado diz:
— É isso. O senhor afirma também ter feito plantão noturno no hospital. Pelas informações que obtivemos, o senhor saiu do hospital às nove horas e passou a noite na casa dessa senhora.
O médico diz:
— Eu não queria envolvê-la.
O delegado se volta para Lucas.
— As vizinhas dessa senhora viram você entrar diversas vezes na casa dela.
Lucas diz:

— Já tem algum tempo que eu faço as compras para ela. Principalmente na semana passada, que ela estava doente.

— Nós sabemos que você não voltou para a sua casa essa noite. Onde você estava?

— Eu estava muito cansado para voltar para casa. Depois que as tabernas fecharam, eu fui para a casa de um amigo e passei a noite na casa dele. Saí de lá às sete e meia.

— Quem é esse seu amigo? Um colega de taberna, imagino.

— Não. É o secretário do Partido.

— Você afirma ter passado a noite na casa do secretário do Partido?

— Sim. Ele me fez café às sete horas da manhã.

O delegado sai da sala.

O médico se volta para Lucas, fica olhando longamente para ele. Lucas devolve o olhar. O médico olha para Clara, Clara olha pela janela. O médico olha para a frente, ele diz:

— Eu não prestei queixa, embora reconheça você perfeitamente. Foi uma patrulha de guardas de fronteira que me encontrou e me trouxe aqui, como um beberrão qualquer. Isso é um incômodo enorme para mim. Por favor, peço que você mantenha absoluta discrição. Eu sou um psiquiatra de nível internacional. Eu tenho filhos.

Lucas diz:

— A única solução é sair da cidade. É uma cidade pequena. Mais cedo ou mais tarde, todo mundo iria ficar sabendo. Até a sua esposa.

— Isso é uma ameaça?

— Sim.

— Eu fui degredado para esse fim de mundo. Não sou eu quem decide para onde vou.

— Não importa onde. O senhor vai solicitar a sua transferência.

O delegado entra com Peter. Peter olha para Lucas, depois para Clara, depois para o médico. O delegado diz:

— O seu álibi está confirmado, Lucas.

Ele se volta para o médico:

— Eu acho, doutor, que nós ficamos por aqui. O senhor escorregou quando estava voltando do hospital. E é isso, caso encerrado.

O médico pergunta a Peter:

— Posso passar no seu gabinete na segunda-feira? Eu desejo sair desta cidade.

Peter diz:

— Com certeza. O senhor pode contar comigo.

O médico levanta, estende a mão para Clara.

— Eu sinto muito.

Clara desvia o olhar, o médico sai da sala.

— Obrigado, senhores.

Lucas diz a Clara:

— Eu acompanho a senhora.

Clara passa por ele sem responder.

Lucas e Peter também saem da delegacia. Peter fica olhando Clara se afastar.

— Então foi por causa dela.

Lucas diz:

— Faça tudo o que puder, Peter, para a transferência desse homem. Se ele continuar na nossa cidade, é um homem morto.

Peter diz:

— Eu acredito. Você é louco o suficiente para isso. Não precisa se preocupar. Ele vai embora. Mas se ela ama ele, você consegue se dar conta do que acabou de fazer com ela?

Lucas diz:

— Ela não ama ele.

Quando Lucas está de volta da delegacia, já é quase meio-dia.

O menino pergunta:

— Não prenderam você?

Yasmine diz:

— Espero que não tenha sido nada de importante.

Lucas diz:

— Não. Está tudo certo. Precisavam do meu depoimento sobre uma confusão.

Yasmine diz:

— Você devia ir ver o Senhor Pároco. Ele não está mais comendo. Tudo o que eu levei para ele ontem e anteontem estava intacto.

Lucas pega uma garrafa de leite de cabra e vai para a casa paroquial. Sobre a mesa da cozinha, pratos com comida fria e dura. O fogão está frio. Lucas atravessa um cômodo vazio e entra no quarto sem bater. O pároco está na cama.

Lucas pergunta:

— O senhor está doente?

— Não, só estou com frio. Estou sempre com frio.

— Eu tinha trazido uma boa quantidade de lenha. Por que o senhor não se aquece?

O pároco diz:

— Tem que economizar. A lenha e todo o resto.

— O senhor simplesmente é muito preguiçoso para fazer fogo.

— Eu estou velho, não tenho mais força.

— O senhor não tem força porque não come.

— Eu não tenho apetite. Desde que você parou de me trazer as refeições, eu não tenho apetite.

Lucas entrega o chambre para ele:

— Vista isso e venha para a cozinha.

Ele ajuda o velho a colocar o chambre, a caminhar até a cozinha, a sentar no banco. Serve uma xícara de leite para ele. O pároco toma. Lucas diz:

— O senhor não pode continuar vivendo sozinho. O senhor já tem muita idade para isso.

O pároco pousa sua xícara, fica olhando para Lucas:

— Eu estou indo embora, Lucas. Os meus superiores me chamaram. Eu vou descansar num mosteiro. Não vai mais ter pároco nessa cidade. O pároco da cidade vizinha vai vir uma vez por semana para celebrar a missa.

— É uma decisão sensata. Estou feliz pelo senhor.

— Eu vou sentir falta dessa cidade. Passei quarenta e cinco anos aqui.

Depois de um silêncio o pároco prossegue:

— Você cuidou de mim durante anos como se fosse meu filho. Eu gostaria de agradecer. Mas como agradecer tanto amor e tanta bondade?

Lucas diz:

— Não me agradeça. Não tem nenhum amor e nenhuma bondade em mim.

— Isso é o que você pensa, Lucas. Eu estou convencido do contrário. Você teve uma ferida da qual ainda não está curado.

Lucas se cala, o pároco continua:

— Eu sinto que estou abandonando você num momento particularmente difícil da sua vida, mas eu vou estar com você em pensamento e vou orar incessantemente pela salvação da sua alma. Você se meteu num caminho errado e eu me pergunto às vezes onde você vai parar. Essa sua natureza apaixonada e atormentada pode arrastar você para muito longe, para os piores extremos. Mas eu mantenho a esperança. A misericórdia de Deus é infinita.

O pároco levanta e segura o rosto de Lucas nas mãos.

— *E lembra-te do teu Criador nos dias da tua mocidade, antes que venham os maus dias e cheguem os anos dos quais tu dirás: eu não os amo...*

Lucas abaixa a cabeça, sua testa encosta no peito do velho.

— *E que se escureçam o sol e a luz, a lua e as estrelas; e que tornem a vir as nuvens...* É o Eclesiastes.

O corpo magro do velho é sacudido por um soluço.

— Sim. Você reconheceu. Você ainda lembra. Quando criança, você sabia páginas inteiras da Bíblia de cor. Você tem tido tempo atualmente para lê-la de vez em quando?

Lucas se afasta.

— Eu tenho muito trabalho. E tenho outros livros para ler.

O pároco diz:

— Entendo. Eu entendo também que os meus sermões te entediem. Vá embora agora e não volte mais. Eu parto amanhã no primeiro trem.

Lucas diz:

— Desejo ao senhor um descanso tranquilo, Meu Padre.

Ele volta para casa, diz para Yasmine:
— O Senhor Pároco vai embora amanhã. Não vai mais ser necessário levar comida para ele.

O menino pergunta:
— Ele está indo embora porque você não gosta mais dele? A Yasmine e eu também vamos embora, se você não gosta mais de nós.

Yasmine diz:
— Cala essa boca, Mathias!

O menino grita:
— Foi ela que disse! Mas você gosta de nós, né, Lucas?

Lucas pega ele nos braços.
— Mas é claro, Mathias.

NA CASA DE CLARA o fogo queima na estufa da sala. A porta do quarto está entreaberta.

Lucas entra no quarto. Clara está deitada com um livro nas mãos. Ela fica olhando para Lucas, fecha o livro, coloca na mesa de cabeceira.

Lucas diz:
— Me desculpe, Clara.

Clara afasta a colcha que a cobre. Ela está nua. Ela continua a olhar fixamente para Lucas.
— É o que você queria, não?
— Não sei. Eu realmente não sei, Clara.

Clara apaga o abajur:
— O que você está esperando?

Lucas acende a luminária da escrivaninha, ele a direciona para a cama. Clara fecha os olhos.

Lucas se ajoelha ao pé da cama, abre as pernas de Clara, depois os lábios da vulva. Um fio magro de sangue corre dali. Lucas se inclina, ele lambe, bebe o sangue. Clara geme, suas mãos agarram o cabelo de Lucas.

Lucas tira a roupa, deita sobre Clara, entra nela, berra. Mais tarde Lucas levanta, abre a janela. Lá fora está nevando. Lucas volta para a cama, Clara o segura nos braços. Lucas treme. Ela diz:

— Sossegue.

Ela acaricia o cabelo, o rosto de Lucas. Ele pergunta:

— Você não me detesta por causa do outro?

— Não. Era melhor ele ir embora.

Lucas diz:

— Eu sabia que você não amava ele. Você estava tão infeliz na semana passada quando foi até a taberna.

Clara diz:

— Eu conheci ele no hospital. Foi ele que me tratou quando eu tive uma nova depressão durante o verão. A quarta desde a morte do Thomas.

— Você sonha com frequência com o Thomas?

— Todas as noites. Mas só com a execução dele. Com o Thomas feliz, vivo, nunca.

Lucas diz:

— Eu vejo o meu irmão por toda parte. No meu quarto, no jardim, caminhando ao meu lado na rua. Ele fala comigo.

— O que ele diz?

— Ele diz que vive numa solidão mortal.

Lucas adormece nos braços de Clara. Nas profundezas da noite, mais uma vez, ele entra nela, cuidadosamente, lentamente, como num sonho.

De agora em diante Lucas passa todas as noites na casa de Clara.

O inverno está muito frio este ano. Por cinco meses não se vê mais o sol. Uma névoa glacial paira sobre a cidade deserta, o chão está congelado, o riacho também.

Na cozinha da casa da avó, o fogo queima sem interrupção. A lenha se esgota rápido. Todas as tardes Lucas vai até a floresta para buscar lenha, que ele coloca para secar ao lado do fogão.

A porta da cozinha fica entreaberta para aquecer o quarto de Yasmine e do menino. O quarto de Lucas não é aquecido.

Quando Yasmine costura ou tricota no quarto, Lucas senta com o menino no tapete grande confeccionado por Yasmine que cobre o chão da cozinha e eles brincam juntos com o cachorro e com o gato. Olham os livros ilustrados, desenham. Com um ábaco Lucas ensina Mathias a fazer contas.

Yasmine prepara o jantar. Os três sentam no banco de canto da cozinha. Comem batata, feijão seco ou repolho. O menino não gosta dessas comidas, come pouco. Lucas prepara torradinhas com geleia para ele.

Depois da refeição Yasmine lava a louça, Lucas leva o menino para o quarto, troca a roupa dele e o coloca na cama, conta uma história para ele. Quando o menino adormece, Lucas parte para a casa de Clara, do outro lado da cidade.

4

Os castanheiros estão em flor na rua da estação. Pétalas brancas cobrem o chão com uma camada tão espessa que Lucas não ouve nem o barulho dos seus passos. Ele está voltando da casa de Clara, tarde da noite.

O menino está sentado no banco de canto da cozinha. Lucas diz:

— São só cinco horas. Por que você levantou tão cedo?

O menino pergunta:

— Onde está a Yasmine?

— Ela foi embora para a cidade grande. Ela estava entediada aqui.

Os olhos negros do menino se arregalam:

— Foi embora? Sem mim?

Lucas dá as costas, vai acender o fogo no fogão. O menino pergunta:

— Ela vai voltar?

— Não, acho que não.

Lucas despeja o leite de cabra numa panela e coloca para esquentar.

O menino pergunta:

— Por que ela não me levou junto com ela? Ela tinha prometido que ia me levar junto.

Lucas diz:

— Ela achou que você estaria melhor aqui comigo, e eu também acho.

O menino diz:

— Eu não estou melhor aqui com você. Eu estaria melhor em qualquer lugar junto com ela.

Lucas diz:

— Uma cidade grande não é um lugar divertido para uma criança. Não tem jardim nem animais.

O menino diz:

— Mas tem a minha mãe.

Ele fica olhando pela janela. Quando vira de volta, seu rostinho está deformado pela dor.

— Ela não gosta de mim porque eu sou aleijado. É por isso que ela me deixou aqui.

— Não é verdade, Mathias. Ela ama você de todo o coração. Você sabe disso.

— Então ela vai voltar para me buscar.

O menino empurra a xícara, o prato e sai da cozinha. Lucas vai regar o jardim. O sol nasce.

O cachorro está dormindo sob uma árvore, o menino se aproxima dele, com uma vara na mão. Lucas fica olhando o menino. O menino levanta a vara e bate no cachorro. O cachorro foge, gemendo. O menino olha para Lucas:

— Eu não gosto de animais. E também não gosto de jardins.

Com a vara o menino bate nas saladas, nos tomates, nas abóboras, nos feijões, nas flores. Lucas observa ele fazer isso sem dizer nada.

O menino volta para a casa, deita na cama de Yasmine. Lucas vai para junto dele, senta na beira da cama:

— Você está tão chateado assim por ficar comigo? Por quê?

Os olhos do menino miram fixamente o teto.

— Porque eu odeio você.

— Me odeia?
— Sim, eu sempre odiei você.
— Eu não sabia disso. Pode me dizer por quê?
— Porque você é alto e bonito e porque eu achava que a Yasmine gostava de você. Mas se ela foi embora, é porque ela também não gostava de você. Espero que você esteja tão chateado quanto eu.

Lucas apoia a cabeça entre as mãos. O menino pergunta:
— Você está chorando?
— Não, eu não choro.
— Mas está triste por causa da Yasmine?
— Não, não por causa da Yasmine. Estou triste por sua causa, por causa do seu sofrimento.
— De verdade? Por minha causa? Bem feito!

Ele sorri.
— Ainda assim, eu sou só um garotinho aleijado, já a Yasmine é linda.

Após um silêncio, o menino pergunta:
— E a sua mãe, onde ela está?
— Ela morreu.
— Ela era muito velha, foi por isso que ela morreu?
— Não. Ela morreu por causa da guerra. Um obus matou ela, ela e a bebê dela, que era a minha irmãzinha.
— Onde elas estão agora?
— Os mortos não estão em lugar nenhum e por todo lugar.

O menino diz:
— Elas estão ali no sótão. Eu vi. A coisa grande de ossos e a coisa pequena de ossos.

Lucas pergunta em voz baixa:

— Você subiu no sótão? Como você conseguiu?
— Eu escalei. É fácil. Eu mostro como eu fiz.
Lucas fica calado. O menino diz:
— Não precisa ter medo, eu não vou contar para ninguém. Eu não quero que tirem elas de nós. Eu gosto delas.
— Gosta?
— Sim. Principalmente da pequena. Ela é mais feia e menor que eu. E ela nunca vai crescer. Eu não sabia que era uma menina. Não dá para saber quando essas coisas são feitas só de ossos.
— Essas coisas se chamam esqueletos.
— Sim. Esqueletos. Eu também vi isso naquele livro grande que está bem lá em cima da sua estante.

LUCAS E O MENINO ESTÃO NO JARDIM. Da entrada do sótão, uma corda desce até a altura exata do braço estendido de Lucas. Ele diz para o menino:
— Me mostre como você sobe.
O menino arrasta o banco do jardim que está ali perto, embaixo da janela do quarto de Lucas. Ele escala o banco, pula, agarra a corda, diminui a oscilação apoiando os pés na parede e, com o auxílio dos braços e das pernas, vai se içando até a entrada do sótão. Lucas vai atrás dele. Eles sentam no colchão de palha, ficam olhando os esqueletos pendurados numa viga.
O menino pergunta:
— E o esqueleto do seu irmão você não guardou?
— Quem contou para você que eu tinha um irmão?
— Ninguém. Eu ouvi você conversando com ele. Você fala com ele, e ele não está em lugar nenhum e por todo lugar, então ele também morreu.

Lucas diz:
— Não, ele não morreu. Ele foi embora para um outro país. Ele vai voltar.
— Como a Yasmine. Ela também vai voltar.
— Sim, tanto o meu irmão quanto a sua mãe.
O menino diz:
— Essa é a única diferença entre os mortos e os que foram embora, né? Os que não morreram vão voltar.
Lucas diz:
— Mas como se faz para saber se eles não morreram enquanto estavam fora?
— Não tem como saber.
O menino fica calado por um momento, depois pergunta:
— Como você ficou quando o seu irmão foi embora?
— Eu não sabia como continuar a viver sem ele.
— E agora você sabe?
— Sim. Desde que você chegou aqui, eu sei.
O menino abre o baú.
— O que são esses cadernos grandes aqui no baú?
Lucas fecha o baú.
— Não é nada. Meu Deus! Ainda bem que você ainda não sabe ler.
O menino ri.
— Aí é que você se engana. Quando está impresso, eu já sei ler. Olha.
Ele abre novamente o baú e pega a velha Bíblia da avó. Ele lê palavras, frases inteiras.
Lucas pergunta:
— Onde você aprendeu a ler?
— Nos livros, óbvio. Nos meus e nos seus.

— Com a Yasmine?
— Não, sozinho. A Yasmine não gosta de ler. Ela disse que eu nunca vou ir para a escola. Mas eu vou daqui a um tempo, não vou, Lucas?

Lucas diz:
— Eu posso ensinar tudo o que você precisa saber.

O menino diz:
— A escola é obrigatória a partir dos seis anos de idade.
— Não para você. Dá para conseguir uma dispensa.
— Porque eu sou aleijado, né? Eu não quero essa sua dispensa. Eu quero ir para a escola como as outras crianças.

Lucas diz:
— Se você quer, você vai. Mas por que você quer?
— Porque eu sei que na escola eu vou ser o mais forte, o mais inteligente.

Lucas ri.
— E o mais vaidoso também, com toda certeza. Eu sempre odiei a escola. Eu me fiz de surdo para não ter que ir.
— De verdade?
— Sim. Escute, Mathias. Você pode subir aqui quando quiser. Também pode ir no meu quarto, mesmo quando eu não estiver lá. Pode ler a Bíblia, o dicionário, a enciclopédia inteira, se você quiser. Mas os cadernos você não vai ler, seu filho do diabo.

Ele continua:
— A avó chamava a gente assim, *filhos do diabo*.
— *A gente* quem? Você e quem mais? Você e o seu irmão?
— Sim. O meu irmão e eu.

Eles descem do sótão, vão para a cozinha. Lucas prepara a comida. O menino pergunta:
— Quem vai lavar a louça, a roupa e fazer a limpeza?
— Nós dois. Juntos. Você e eu.
Eles comem. Lucas se inclina para fora da janela e vomita. Ele se vira, com o rosto suado, perde os sentidos e cai no chão da cozinha.
O menino grita:
— Não faz isso, Lucas, não faz isso!
Lucas abre os olhos.
— Não grite, Mathias. Me ajude a levantar.
O menino puxa pelo braço, Lucas se agarra na mesa. Cambaleando, ele sai da cozinha, vai sentar no banco do jardim. O menino, em pé à sua frente, fica olhando para ele.
— O que foi, Lucas? Você morreu por um tempo?
— Não, foi só um mal-estar por causa do calor.
O menino pergunta:
— Não importa que ela tenha ido embora, não é mesmo? Não é tão ruim, né? Você não vai morrer por causa disso?
Lucas não responde. O menino senta aos seus pés, abraça suas pernas, deita a cabeça de cabelos pretos e ondulados nos joelhos de Lucas.
— Talvez eu seja seu filho mais adiante.

Quando o menino adormece, Lucas sobe de novo para o sótão. Pega os cadernos no baú, enrola num pano de juta e vai até a cidade.
Toca a campainha na casa de Peter.
— Eu gostaria que você guardasse isso para mim, Peter.

Ele larga o pacote sobre a mesa da sala de estar.
Peter pergunta:
— O que é?
Lucas abre o pano.
— Cadernos escolares.
Peter balança a cabeça.
— É o que o Victor tinha me dito. Você escreve. Você compra uma quantidade enorme de papel e lápis. Há muitos anos, lápis, folhas quadriculadas e grandes cadernos escolares. Você está escrevendo um livro?
— Não, não é um livro. Eu só faço umas anotações.
Peter avalia o peso dos cadernos:
— Umas anotações? Em meia dúzia de cadernos grossos?
— Elas vão se acumulando com os anos. No entanto, eu descarto muita coisa. Só mantenho o que é realmente necessário.
Peter pergunta:
— Por que você quer esconder? Por causa da polícia?
— Da polícia? Mas que ideia! Por causa do menino. Ele está começando a ler e é bisbilhoteiro. Não quero que ele leia esses cadernos.
Peter sorri.
— E é melhor que a mãe do menino também não leia, não é mesmo?
Lucas diz:
— A Yasmine não está mais na minha casa. Ela foi embora. Ela sonhava com a cidade grande desde sempre. Eu dei dinheiro para ela.
— E ela deixou o filho com você?
— Eu queria ficar com o menino.

Peter acende um cigarro, olha para Lucas sem dizer nada.

Lucas pergunta:

— Afinal, você pode guardar esses cadernos na sua casa?

— Claro que posso.

Peter enrola os cadernos no pano e leva para o quarto. Quando volta, ele diz:

— Escondi embaixo da minha cama. Vou arranjar um esconderijo melhor para eles amanhã.

Lucas diz:

— Obrigado, Peter.

Peter ri.

— Não me agradeça. Os seus cadernos me interessam.

— Você pretende ler?

— Mas é claro. Se você não quisesse que eu lesse, era só ter levado para a casa da Clara.

Lucas se ergue.

— Isso é que não! A Clara lê qualquer coisa que possa ser lida. Mas eu poderia confiá-los ao Victor.

— Nesse caso, eu leria na casa do Victor. Ele não pode me negar nada. Além disso, ele vai embora em breve. Ele quer voltar para a cidade natal dele, para junto da irmã. Ele pretende vender a casa e a livraria.

Lucas diz:

— Me devolve os cadernos. Vou enterrar tudo em algum lugar na floresta.

— Sim, enterre. Ou melhor ainda, queime. É a única solução para que ninguém possa ler.

Lucas diz:

— Eu preciso guardá-los. Para o Claus. Esses cadernos são destinados ao Claus. Só a ele.

Peter liga o rádio. Fica um bom tempo procurando até encontrar música calma.

— Senta aí, Lucas, e me conta quem é o Claus.

— Meu irmão.

— Eu não sabia que você tinha um irmão. Você nunca me falou dele. Ninguém nunca me falou dele, nem mesmo o Victor, que conhece você desde a sua infância.

Lucas diz:

— O meu irmão vive do outro lado da fronteira há vários anos.

— Como ele atravessou a fronteira? É para ela ser intransponível.

— Ele atravessou e ponto final.

Depois de um silêncio Peter pergunta:

— Vocês mantêm uma correspondência?

— O que você entende por correspondência?

— O que todo mundo entende por correspondência. Você escreve para ele? Ele escreve para você?

— Eu escrevo para ele todos os dias nos cadernos. Ele certamente faz o mesmo.

— Mas você nunca recebe cartas dele?

— Ele não pode me enviar cartas de lá.

— Muitas cartas do outro lado da fronteira chegam aqui. O seu irmão nunca escreveu desde que partiu? Ele não deu o endereço dele?

Lucas abana a cabeça, se ergue uma vez mais:

— Você acha que ele morreu, não acha? Mas o Claus não morreu. Ele está vivo e vai voltar.

— Sim, Lucas. O seu irmão vai voltar. Quanto aos cadernos, eu até podia ter prometido não ler, mas você não teria acreditado em mim.

— Tem razão, eu não teria acreditado. Eu sabia que não poderia impedir você de ler. Eu sabia quando vim para cá. Então leia. Prefiro que seja você do que a Clara ou qualquer outra pessoa.

Peter diz:

— Essa é uma outra coisa que eu também não entendo, a sua relação com a Clara. Ela é muito mais velha que você.

— Pouco importa a idade. Eu sou o amante dela. É só isso que você queria saber?

— Não, não é. Isso eu já sabia. Mas você ama a Clara?

Lucas abre a porta:

— Não conheço o significado dessa palavra. Ninguém conhece. Eu não esperava esse tipo de pergunta da sua parte, Peter.

— No entanto, vão fazer esse tipo de pergunta com bastante frequência ao longo da sua vida. E às vezes você vai ser obrigado a responder.

— E você, Peter? Um dia você também vai ser obrigado a responder a certas perguntas. Eu estive em algumas das suas reuniões políticas. Você faz discursos, a plateia aplaude. Você sinceramente acredita no que diz?

— Eu sou obrigado a acreditar.

— Mas no mais fundo do seu ser, o que você acha?

— Eu não acho. Não posso me dar um luxo desses. O medo me acompanha desde a infância.

CLARA ESTÁ PARADA EM FRENTE À JANELA, ela observa o jardim mergulhado na noite. Não se vira quando Lucas entra na sala. Ela diz:

— O verão é assustador. É no verão que a morte está mais próxima. Tudo seca, sufoca, fica imóvel. Já faz quatro anos que *eles* mataram o Thomas. Num mês de agosto, de manhã bem cedo, logo ao amanhecer. *Eles* o enforcaram. O mais perturbador é que todo verão *eles* começam de novo. Ao amanhecer, quando você volta para casa, eu venho até a janela e vejo. *Eles* estão começando de novo, mas não tem como matar a mesma pessoa várias vezes.

Lucas beija Clara no pescoço:

— O que você tem, Clara? O que você tem hoje?

— Hoje eu recebi uma carta. Uma carta oficial. Está ali na minha escrivaninha, pode ler. Ela comunica a reabilitação do Thomas, a inocência dele. Eu nunca duvidei da inocência dele. *Eles* me escrevem: *Seu marido era inocente, nós o matamos por engano. Nós matamos diversas pessoas inocentes por engano, mas, agora que tudo voltou à ordem, nós pedimos desculpas e prometemos que enganos semelhantes não acontecerão novamente.* *Eles* assassinam e *eles* reabilitam. *Eles* pedem desculpas, mas o Thomas está morto! *Eles* podem ressuscitá-lo? *Eles* podem apagar aquela noite em que o meu cabelo ficou branco, em que eu fiquei louca? Naquela noite de verão eu estava sozinha no nosso apartamento, o nosso apartamento, meu e do Thomas. Eu estava lá sozinha há vários meses. Depois que o Thomas foi preso, ninguém mais queria, nem podia, nem ousava me visitar. Eu já estava acostumada a ficar sozinha, não era nenhuma novidade eu estar sozinha. Eu não dormi, mas isso também não era nenhuma novidade. A novidade é que eu não chorei naquela noite. Na noite anterior a rádio tinha anunciado a execução de diversas pessoas por alta traição. Entre os nomes, eu ouvi claramente o nome do Thomas. Às três da manhã, horário das execuções, eu olhei para o pêndulo do relógio. Fiquei olhando para ele até às sete, depois fui para o meu trabalho, numa grande biblioteca da capital. Sentei à minha mesa. Eu era a responsável pela sala de leitura. As minhas colegas foram se aproximando, uma após a outra. Eu conseguia ouvi-las sussurrando. *Ela veio!*, *Vocês viram o cabelo dela?* Eu saí da biblioteca, fiquei caminhando até a noite pelas ruas e me perdi, eu não fazia a mínima ideia do bairro onde eu estava, no entanto, eu conhecia muito bem aquela cidade. Voltei de táxi. Às três da manhã olhei pela janela e os vi: *eles* estavam pendurando o Thomas na fachada do prédio da frente. Eu berrei. Uns vizinhos vieram. Uma ambulância me levou para o hospital. E agora *eles* dizem que tudo não passou de um engano. O assassinato do Thomas, a minha doença, os meses no hospital, o meu cabelo branco, tudo não passou de um engano. Pois então que *eles* me devolvam o Thomas, vivo, sorrindo. O Thomas, que me segurava nos braços, que acariciava o meu cabelo, que segurava o meu rosto com aquelas mãos quentes, que beijava os meus olhos, as minhas orelhas, a minha boca.

Lucas pega Clara pelos ombros, a vira para ele.

— Quando você vai parar de me falar do Thomas?

— Nunca. Eu nunca vou parar de falar do Thomas. E você? Quando você vai começar a me falar da Yasmine?

Lucas diz:

— Não tem nada para falar. Ainda mais agora que ela já não está mais aqui.

Clara dá socos e arranha Lucas no rosto, no pescoço, nos ombros. Ela grita:

— Ela já não está mais aqui? Onde ela está? O que foi que você fez?

Lucas conduz Clara até a cama, deita em cima dela.
— Fique calma. A Yasmine foi embora para a cidade grande. Só isso.
Clara abraça Lucas com força:
— *Eles* vão me separar de você como *eles* me separaram do Thomas. *Eles* vão prender você, enforcar você.
— Não, isso acabou. Esqueça o Thomas, a cadeia e a corda.
Ao amanhecer Lucas levanta:
— Preciso voltar para casa. O menino acorda cedo.
— A Yasmine deixou o filho dela aqui?
— É uma criança aleijada. O que ela iria fazer com ele numa cidade grande?
Clara repete:
— Como ela pôde ter deixado o filho?
Lucas diz:
— Ela queria levá-lo junto. Fui eu que proibi.
— Proibiu? Com que direito? É o filho dela. Ele pertence a ela.
Clara fica olhando Lucas se vestir. Ela diz:
— A Yasmine foi embora porque você não amava ela.
— Eu ajudei quando ela estava em dificuldade. Não prometi nada para ela.
— Para mim você também não prometeu nada.
Lucas volta para casa para preparar o café da manhã de Mathias.

LUCAS ENTRA NA LIVRARIA, Victor pergunta:
— Está precisando de papel ou de lápis, Lucas?
— Não. Eu queria conversar com você. Peter me contou que você está querendo vender a casa.

Victor suspira:

— Nesses tempos, ninguém tem dinheiro suficiente para comprar uma casa com uma loja.

Lucas diz:

— Eu tenho interesse em comprar.

— Você, Lucas? E com quê, meu jovem?

— Vendendo a casa da minha avó. O exército me ofereceu um bom dinheiro.

— Temo que isso não seja suficiente, Lucas.

— Tem também um terreno grande que é meu. E mais umas outras coisas. Coisas de grande valor que eu herdei dela.

Victor diz:

— Venha me ver hoje à noite no apartamento. Vou deixar a porta de entrada aberta.

À noite Lucas sobe a pequena escada escura que leva ao apartamento acima da livraria. Ele bate numa porta, sob a qual há uma fresta de luz.

Victor grita:

— Entre, Lucas!

Lucas entra num cômodo no qual, apesar da janela aberta, paira uma nuvem pesada de muitos charutos. O teto está tomado de manchas marrons, as cortinas de tule estão amareladas. A sala está atulhada de móveis velhos, sofás, poltronas, mesinhas, candeeiros, quinquilharias. As paredes estão cobertas de quadros e gravuras, e o piso, de tapetes gastos sobrepostos.

Victor está sentado perto da janela, diante de uma mesa coberta com uma toalha aveludada vermelha. Sobre a mesa, caixas de charutos e cigarros, cinzeiros de todos os tipos cheios de bitucas dividem o espaço com copos e uma garrafa pela metade de um líquido amarelado.

— Chegue mais, Lucas. Sente e pegue um copo.

Lucas senta. Victor serve uma bebida, esvazia o próprio copo, enche de novo.

— Eu gostaria de oferecer uma aguardente de melhor qualidade, como aquela que a minha irmã trouxe quando veio me visitar, mas infelizmente não sobrou nada. A minha irmã veio me ver no mês de julho, estava fazendo um calor danado, você deve lembrar. Eu não gosto de calor, não gosto do verão. Um verão chuvoso, fresco, tudo bem, mas a canícula me derruba completamente.

— Quando chegou, a minha irmã tinha trazido um litro da aguardente de damasco que geralmente se bebe na nossa região. A minha irmã provavelmente pensou que essa garrafa iria durar o ano todo, ou pelo menos até o Natal. A verdade é que na primeira noite eu já tinha bebido metade. Como fiquei envergonhado, primeiro escondi a garrafa, depois fui comprar uma garrafa de aguardente barata — não se encontra nenhuma outra no comércio — com a qual enchi a garrafa da minha irmã e expus num lugar bem visível, ali, nesse aparador bem na sua frente.

— Assim, bebendo escondido todas as noites uma aguardente barata de damasco, eu conseguia deixar a minha irmã tranquila com aquela garrafa cujo nível praticamente não diminuía. Uma ou duas vezes, para manter as aparências, eu servia um copinho pequeno dessa aguardente que eu fingia apreciar, mas que já estava totalmente alterada.

— Eu esperava ansiosamente que a minha irmã fosse embora. Ela não me incomodava, muito pelo contrário.

Ela preparava a minha comida, cerzia as minhas meias, remendava as minhas roupas, limpava a cozinha e tudo o que estava sujo. Ela era útil, portanto, e além disso nós papeávamos agradavelmente depois do fechamento da loja, enquanto saboreávamos uma boa comida. Ela dormia no quartinho aqui ao lado. Ela ia para a cama cedo, ela era bem reservada. Eu tinha a noite inteira para ficar andando de um lado para o outro no meu quarto e na cozinha e no corredor.

— Fique sabendo, Lucas, que a minha irmã é a pessoa que eu mais amo no mundo. O nosso pai e a nossa mãe morreram quando nós éramos jovens, principalmente eu, que ainda era criança. A minha irmã era um pouco mais velha, cinco anos mais velha. Nós vivíamos com uns parentes distantes, tios e tias, mas posso garantir para você que foi a minha irmã quem me criou de verdade.

— O meu amor por ela não diminuiu com o passar do tempo. Você nunca vai ter nem ideia da alegria que eu senti ao ver ela descer do trem. Fazia doze anos que a gente não se via. Foram os anos de guerra, pobreza, zona de fronteira. Quando ela conseguia juntar algum dinheiro para a viagem, por exemplo, não conseguia obter a autorização para entrar na zona de fronteira, e assim por diante. Da minha parte, eu sempre tenho pouquíssimo dinheiro vivo, e não posso simplesmente fechar a livraria quando bem entender. Da parte dela, ela não pode deixar as clientes para trás de uma hora para a outra. Ela é costureira, e as mulheres, mesmo em tempos bicudos, precisam de uma costureira. Principalmente em tempos bicudos, quando elas não têm como comprar roupas novas. A minha irmã realizou uns pequenos milagres para elas durante os tempos bicudos. Transformar as calças dos maridos falecidos em saias curtas, as camisas em blusas e qualquer pedaço de tecido em roupas para as crianças. Quando ela enfim conseguiu juntar o dinheiro necessário e os documentos e as permissões necessárias, me contou por carta que viria.

Victor levanta, fica olhando pela janela:

— Ainda não são dez horas, né?

Lucas diz:

— Não, ainda não.

Victor volta para a cadeira, serve a bebida, acende um charuto.

— Eu estava esperando a minha irmã na estação. Era a primeira vez que eu esperava alguém naquela estação. Eu estava pronto para esperar por vários trens, se fosse preciso. A minha irmã chegou só no último. Ela tinha ficado o dia inteiro viajando. Claro que eu reconheci imediatamente, mas ela estava tão diferente da imagem que eu tinha na memória! Ela tinha ficado tão pequena. Franzina ela sempre foi, mas não daquele jeito. O rosto dela, detestável, é preciso que se diga, agora estava sulcado por centenas de ruguinhas minúsculas. Em resumo, ela tinha envelhecido bastante. É claro que eu não disse nada para ela, guardei as minhas observações para mim. Ela, por outro lado, começou a chorar, dizendo: *Ah, Victor! Como você mudou! Eu mal estou reconhecendo você. Você engordou, perdeu o cabelo e está com uma aparência totalmente descuidada.*

— Peguei as malas dela. Estavam pesadas, carregadas de potes de geleia, salames, aguardente de damasco. Ela desembrulhou tudo isso na cozinha. Ela trouxe feijão do jardim dela. Eu fui imediatamente provar a aguardente. Enquanto ela estava cozinhando o feijão, eu bebi mais ou menos um quarto da garrafa. Depois de lavar a louça, ela se juntou a mim, no meu quarto.

— As janelas estavam escancaradas, fazia muito calor. Eu continuei bebendo, indo até a janela sem parar, fumando charutos. A minha irmã falava das clientes difíceis que ela tinha, da vida solitária e difícil que ela levava, e eu fiquei ouvindo enquanto bebia aguardente e fumava charutos. A janela do outro lado da rua se acendeu às dez horas. O homem do cabelo branco apareceu. Ele estava mastigando alguma coisa. Ele sempre come nesse horário. Às dez da noite ele vai para a janela e come. A minha irmã continuava falando. Mostrei para ela o quarto e disse: *Você deve estar cansada. A viagem foi longa. Descanse.* Ela me beijou nas duas bochechas, entrou no quartinho ao lado, foi para a cama e adormeceu, imagino. Eu continuei bebendo, andando de um lado para o outro e fumando charutos. De tempos em tempos eu olhava pela janela, via o homem do cabelo branco apoiado na beira da janela. Eu conseguia ouvir ele perguntar para os poucos passantes: *Que horas são? Tem horas, por favor?* Alguém na rua respondeu: *Onze e vinte.*

— Dormi muito mal. A presença silenciosa da minha irmã no outro quarto me incomodava. De manhã, era um domingo, ouvi o insone perguntar a hora de novo e alguém responder: *Quinze para as sete.* Mais tarde, quando levantei, a minha irmã já estava trabalhando na cozinha, a janela em frente estava fechada.

— O que você acha disso, Lucas? A minha irmã, que eu não vejo há doze anos, vem me visitar, e estou ansiosamente esperando que ela vá para a cama para que eu possa observar tranquilamente o insone do outro lado da rua porque na verdade é a única pessoa que me interessa, mesmo que eu ame a minha irmã acima de tudo.

— Você não diz nada, Lucas, mas eu sei o que está pensando. Você está pensando que eu sou louco, e você está certo. Eu estou obcecado por esse velho que abre a janela às dez da noite e fecha às sete da manhã. Ele passa a noite inteira na janela. Depois não sei o que ele faz. Será que ele dorme, ou será que tem um outro cômodo ou uma cozinha onde ele passa o dia? Eu nunca o vejo na rua, nunca o vejo durante o dia, eu não o conheço e nunca perguntei nada para ninguém sobre ele. Você é a primeira pessoa com quem eu falo sobre isso. No que ele fica pensando a noite toda, apoiado na janela? Como é que eu vou saber? A partir da meia-noite, a rua fica completamente vazia. Ele não tem nem como perguntar a hora para os passantes. Só tem como fazer isso lá pelas seis, sete da manhã. Será que ele realmente precisa saber a hora, será possível que ele não tenha nenhum relógio ou despertador? Nesse caso, como é possível que ele apareça na janela exatamente às dez horas da noite? São tantas perguntas que eu me faço sobre ele.

— Uma noite a minha irmã já tinha ido embora, o insone se dirigiu a mim. Eu estava na minha janela, observando o céu para procurar as nuvens de tempestade que estavam sendo anunciadas fazia vários dias. O velho falou comigo de lá do outro lado da rua. Ele disse: *Não dá mais para ver as estrelas. A tempestade está chegando.* Eu não respondi. Olhei para outro lugar, para a esquerda e para a direita na rua. Eu não queria me envolver com ele. Eu só ignorei. Fui sentar num canto do meu quarto onde ele não conseguia me ver. Agora me dou conta de que, se eu ficar aqui, não vou fazer mais nada além de beber e fumar e ficar observando o insone pela janela, e então vai ser a minha vez de ser o insone.

Victor fica olhando pela janela e desaba na poltrona com um suspiro.

— Ele está lá. Ele está lá e está me observando. Só esperando a oportunidade de começar a conversar comigo. Mas eu não vou permitir que isso aconteça, ele pode insistir o quanto quiser, ele não vai ter a última palavra.

Lucas diz:

— Fique calmo, Victor. Talvez seja só um vigia noturno aposentado que se acostumou a dormir durante o dia.

Victor diz:

— Um vigia noturno? Talvez. Pouco importa. Se eu ficar aqui, ele vai me destruir. Eu já estou meio louco. A minha irmã percebeu. Antes de subir no trem, ela me disse: *Eu estou velha demais para fazer de novo essa viagem longa e cansativa. Nós devíamos tomar uma decisão, Victor, caso contrário, temo que a gente não vai mais se ver.* Eu perguntei: *Que tipo de decisão?* Ela disse: *O seu negócio não está funcionando, deu para ver claramente. Você fica o dia inteiro sentado na loja e não aparece nenhum cliente. À noite você fica andando de um lado para o outro no apartamento e pela manhã você está exausto. Você bebe demais, você bebeu quase metade da aguardente que eu trouxe. Se continuar desse jeito, vai se tornar um alcóolatra.*

— Tive todo o cuidado de não contar que durante a estadia dela eu tinha bebido mais seis garrafas de aguardente para além das garrafas de vinho que nós abríamos em cada refeição. Também não contei sobre o insone, é claro. Ela continuou: *Você está com uma cara péssima. Cheio de olheiras, pálido e quase obeso. Você come carne em excesso, não se movimenta o suficiente, nunca sai de casa, leva uma vida nada saudável.* Eu disse: *Não precisa se preocupar comigo. Eu estou me sentindo ótimo.* Acendi um charuto. O trem demorava a chegar. A minha irmã virou o rosto com nojo: *Você fuma demais. Você fuma o tempo todo.*

— Também tive todo o cuidado de não contar que os médicos tinham descoberto, fazia dois anos, uma doença arterial causada pelo tabagismo. A minha artéria ilíaca esquerda está obstruída, o sangue já não circula, ou circula muito mal, na minha perna esquerda. Eu sinto dor no quadril e na panturrilha, perdi a sensibilidade do dedão do pé esquerdo. Os médicos me deram uns remédios, mas não vai ter melhora nenhuma se eu não parar de fumar e não fizer exercício. Só que eu não tenho a mínima vontade de parar de fumar. Além disso não tenho nenhuma força de vontade. Não tem como pedir para um alcoólatra ter força de vontade. Então, se eu quiser parar de fumar, primeiro tenho que parar de beber.

— Às vezes me ocorre que eu devia parar de fumar, aí eu imediatamente acendo um charuto ou um cigarro e fico pensando enquanto fumo que, se eu não parar de fumar, daqui a pouquinho a circulação na minha perna esquerda vai parar completamente, o que vai provocar uma gangrena, e a gangrena vai exigir a amputação do pé ou de toda a perna.

— Eu não contei nada disso para não preocupar a minha irmã, mas ela estava preocupada. Quanto estava embarcando no trem, ela me beijou nas duas bochechas e me disse: *Venda a livraria e venha morar comigo no campo. Dá para viver com muito pouco na casa da nossa infância. A gente vai caminhar na floresta, eu vou cuidar de tudo, você vai parar de fumar e de beber e vai poder escrever o seu livro.*

— O trem saiu, eu voltei para casa, servi um copo de aguardente e fiquei me perguntando de que livro ela estava falando.

— Naquela noite tomei um sonífero, além dos meus remédios de sempre para a circulação, e bebi toda a aguardente que tinha sobrado na garrafa da minha irmã, ou seja, mais ou menos meio litro. Mesmo com o sonífero, acordei bem cedo na manhã seguinte, sem absolutamente nenhuma sensibilidade na perna esquerda. Eu estava lavado de suor, o meu coração batia com força, as minhas mãos tremiam, eu estava mergulhado num medo e numa angústia terríveis. Olhei a hora no meu despertador, ele estava parado. Fui me arrastando até a janela, o velho do outro lado da rua ainda estava lá. Perguntei para ele através da rua deserta: *Pode me dizer a hora, por favor? O meu relógio parou.* Ele se virou antes de me responder, como se fosse olhar um relógio: *Seis e meia*. Fui me vestir, mas já estava vestido. Eu tinha dormido de roupa e de sapato. Desci para a rua, fui até a mercearia mais próxima. Ainda estava fechada. Esperei andando de um lado para o outro pela rua. O dono chegou, abriu a loja, me atendeu. Eu peguei uma garrafa de aguardente de qualquer coisa, voltei para casa, tomei alguns copos, a minha ansiedade desapareceu, o homem do outro lado da rua tinha fechado a janela.

— Desci para a livraria, sentei junto ao balcão. Não tinha nenhum cliente. Ainda era verão, férias escolares, ninguém precisava de livros nem qualquer outra coisa. Sentado ali, olhando os livros nas prateleiras, eu lembrei do meu livro, o livro que a minha irmã tinha falado, aquele livro que eu planejava escrever quando era adolescente. Eu queria ser escritor, escrever livros, era o sonho da minha juventude. Nós falávamos sobre isso com frequência, a minha irmã e eu. Ela acreditava em mim, eu também acreditava em mim, mas cada vez menos, e por fim esse sonho de escrever livros ficou totalmente esquecido.

— Eu só tenho cinquenta anos. Se eu parar de fumar e de beber, ou melhor, de beber e de fumar, ainda posso escrever um livro. Livros, não, mas um único livro talvez. Eu tenho certeza, Lucas, que todo ser humano nasceu para escrever um livro e não para outra coisa. Um livro genial ou um livro medíocre, pouco importa, mas aquele que não tiver escrito nada é um ser perdido, ele apenas passou pela terra sem deixar vestígios.

— Se eu ficar aqui, nunca vou escrever um livro. A minha única esperança é vender a casa e a livraria e ir para a casa da minha irmã. Ela vai me impedir de beber e de fumar, nós vamos levar uma vida saudável, ela vai cuidar de tudo, eu não vou ter mais nada para fazer a não ser escrever o meu livro, assim que tiver me livrado do alcoolismo e do tabagismo. Você mesmo, Lucas, está escrevendo um livro. Sobre quem, sobre o quê, eu não faço a menor ideia. Mas você está escrevendo. Desde a sua infância você não para de comprar folhas de papel, lápis, cadernos.

Lucas diz:

— Tem razão, Victor. Escrever é o há de mais importante. Faça o seu preço, eu vou comprar a casa e a livraria. Em algumas semanas, nós podemos fechar o negócio.

Victor pergunta:

— São o que as coisas de valor que você me falou?

— Moedas de ouro e prata. E joias também.

Victor sorri.

— Quer dar uma olhada na casa?

— Não tem necessidade. Eu vou reformar o que for preciso. Esses dois cômodos vão ser suficientes para nós dois.

— Vocês eram três, se eu bem me lembro.

— Agora somos só dois. A mãe do menino foi embora.

LUCAS DIZ PARA O MENINO:

— Nós vamos nos mudar. Vamos morar na cidade, na Praça Principal. Eu comprei a livraria.

O menino diz:

— Que bom. Eu vou estar mais perto da escola. Mas quando a Yasmine voltar, como ela vai fazer para encontrar a gente?

— Numa cidade tão pequena, vai ser bem fácil para ela encontrar a gente.

O menino pergunta:

— Não vai mais ter animais nem jardim?

— Nós vamos ter um jardinzinho. Vamos ficar com o cachorro e o gato e umas galinhas também, para os ovos. Os outros animais a gente vai vender para o Joseph.

— Onde eu vou dormir? Lá não vai ter o quarto da avó.

— Você vai dormir num quartinho ao lado do meu. A gente vai estar bem pertinho um do outro.

— Sem os animais e sem os produtos do jardim, do que a gente vai viver?

— Da livraria. Eu vou vender lápis, livros, papel. Você pode me ajudar.

— Sim, eu ajudo. Quando a gente vai se mudar?

— Amanhã. Joseph vai vir com a carroça dele.

Lucas e o menino se instalam na casa de Victor. Lucas pinta os quartos, eles ficam claros e limpos. Ao lado da cozinha, na antiga despensa, Lucas faz um banheiro.

O menino pergunta:

— Os esqueletos podem ficar comigo?

— Impossível. Imagina se alguém entra no seu quarto.

— Ninguém vai entrar no meu quarto. A não ser a Yasmine, quando ela voltar.

Lucas diz:

— Está bem. Os esqueletos podem ficar com você. Mesmo assim, eles vão ficar escondidos atrás de uma cortina.

Lucas e o menino limpam o jardim abandonado por Victor. O menino aponta para uma árvore.

— Olha essa árvore, Lucas, está toda preta.

Lucas diz:

— É uma árvore morta. Vamos ter que cortar. As outras árvores também perdem as folhas, mas essa aí está morta.

Com frequência o menino acorda no meio da noite, vai em disparada para o quarto de Lucas, para a cama dele e, se Lucas não está, fica esperando por ele para contar seus pesadelos. Lucas deita ao lado do menino, aperta firme contra si aquele corpinho magro até que pare de tremer.

O menino conta seus pesadelos, sempre os mesmos, que se repetem e regularmente assombram suas noites.

Um desses sonhos é o sonho do riacho. O menino, deitado na superfície da água, se deixa levar pela correnteza enquanto fica olhando as estrelas. O menino está feliz mas lentamente algo se aproxima, algo assustador, e de repente essa coisa está ali, o menino não sabe o que é, e então ela explode e grita e berra e cega.

Um outro sonho é o sonho do tigre que está deitado ao lado da cama do menino. O tigre parece estar dormindo, ele tem um jeito macio e bonzinho e o menino sente uma vontade muito forte de acariciá-lo. O menino está com medo, porém a vontade de acariciar o tigre aumenta e o menino não consegue mais resistir. Seus dedos tocam os pelos sedosos do tigre, e o tigre com uma patada arranca seu braço.

Um outro sonho é o sonho da ilha deserta. O menino está brincando com seu carrinho de mão. Ele enche de areia, transporta a areia para outro lugar, esvazia o carrinho de mão, vai para mais longe, enche o carrinho de mão, esvazia de novo e assim por diante, por bastante tempo, e de repente é noite, está frio, não tem ninguém, em lugar nenhum, apenas as estrelas brilham na sua solidão infinita.

Um outro sonho: o menino quer entrar na casa da avó, ele anda pelas ruas, mas não consegue reconhecer as ruas da cidade, ele se perde, as ruas estão desertas, a casa não está mais onde deveria estar, as coisas não estão mais no lugar delas, Yasmine o chama chorando e o menino não sabe qual rua, qual viela deve pegar para chegar até ela.

O sonho mais terrível é o sonho da árvore morta, a árvore preta do jardim. O menino fica olhando a árvore, e a árvore estica seus galhos nus na direção do menino. A árvore diz: *Eu não passo de uma árvore morta, mas eu amo você tanto quanto amava quando estava viva. Venha, meu pequeno, venha para os meus braços.* A árvore fala com a voz de Yasmine, o menino se aproxima e os galhos mortos e pretos o abraçam e o estrangulam.

Lucas corta a árvore morta, ele serra em achas de lenha, faz uma fogueira no jardim. Quando a fogueira se apaga, o menino diz:

— Agora ela não passa de um monte de cinzas.

Ele vai para o quarto. Lucas abre uma garrafa de aguardente. Ele bebe. É tomado de náusea. Volta para o jardim, vomita. A fumaça branca ainda sobe das cinzas pretas, mas gotas grossas de chuva começam a cair e o aguaceiro termina o trabalho do fogo.

Mais tarde o menino encontra Lucas na grama molhada, na lama. Ele o sacode:

— Lucas, levanta. Você tem que entrar. Está chovendo. É noite. Está frio. Você consegue andar?

Lucas diz:

— Me deixe aqui. Entre. Amanhã vai estar tudo bem.

O menino senta ao lado de Lucas, fica esperando.

O sol nasce, Lucas abre os olhos.

— O que foi que aconteceu, Mathias?

O menino diz:

— Foi só mais um pesadelo.

5

O insone continua a aparecer na janela todas as noites às dez horas. O menino já está na cama, Lucas sai da casa, o insone pergunta a hora, Lucas responde, depois vai para a casa de Clara. Ao amanhecer, quando volta, uma vez mais o insone pergunta a hora, Lucas diz e vai para a cama. Algumas horas depois, a luz se apaga no quarto do insone e as pombas invadem sua janela.

Uma manhã, quando Lucas está chegando em casa, o insone o chama:

— Senhor!

Lucas diz:

— São cinco horas.

— Eu sei. A hora não me interessa. É só um jeito de puxar conversa com as pessoas. Eu gostaria apenas de dizer que o menino ficou bastante agitado essa noite. Ele acordou por volta das duas, foi até o seu quarto várias vezes, ficou um bom tempo olhando pela janela. Ele inclusive saiu para a rua, foi até a frente da taberna, depois voltou e foi para a cama, imagino.

— Ele faz isso com frequência?

— Ele acorda com frequência, sim. Quase todas as noites. Mas foi a primeira vez que eu vi ele sair de casa durante a madrugada.

— Durante o dia ele também não sai de casa.

— Acho que ele estava atrás do senhor.

Lucas sobe para o apartamento, o menino está dormindo profundamente na cama. Lucas olha pela janela, o insone pergunta:

— Está tudo em ordem?
— Sim. Está dormindo. E o senhor? O senhor não dorme nunca?
— Eu dou uma cochilada de vez em quando, mas nunca durmo de verdade. Faz oito anos que eu não durmo.
— E o que o senhor faz durante o dia?
— Saio para caminhar. Quando me canso, vou sentar num parque. Eu passo a maior parte do meu tempo num parque. É lá que eu às vezes cochilo por alguns minutos, sentado num banco. O senhor gostaria de me acompanhar um dia desses?

Lucas diz:
— Agora, se o senhor quiser.
— Está bem. Vou dar de comer às minhas pombas e já desço.

Eles andam pelas ruas desertas da cidade adormecida, na direção da casa da avó. O insone se detém diante de alguns metros quadrados de grama amarela sobre a qual duas árvores velhas estendem seus galhos nus.

— Este aqui é o meu parque. O único lugar onde eu consigo dormir por algum tempo.

O velho senta no único banco que há, ao lado de uma fonte seca, coberta de musgo e ferrugem. Lucas diz:
— Tem parques mais bonitos na cidade.
— Não para mim. — Ele ergue a bengala e aponta para uma casa grande e bonita. — Nós morávamos aqui antigamente, eu e a minha esposa.
— Ela morreu?
— Ela foi assassinada com vários tiros de revólver três anos depois do fim da guerra. Uma noite, às dez horas.

Lucas senta ao lado do velho.

— Eu me lembro dela. Nós morávamos perto da fronteira. Quando voltávamos da cidade, nós costumávamos parar aqui para beber água e descansar. Quando a sua esposa nos via pela janela, ela descia e nos trazia uns cubos grandes de açúcar de batata. Nunca mais comi isso desde então. Também me lembro do sorriso e do sotaque dela e também do seu assassinato. A cidade inteira falava disso.

— O que as pessoas diziam?

— Diziam que ela tinha sido morta para que pudessem nacionalizar as três fábricas de tecelagem que pertenciam a ela.

O velho diz:

— Ela herdou essas fábricas do pai. Eu trabalhava lá como engenheiro. Casei com ela e ela ficou aqui, ela gostava muito dessa cidade. No entanto, ela manteve sua nacionalidade e *eles* foram obrigados a matá-la. Era a única solução. *Eles* a mataram no nosso quarto. Eu ouvi os disparos do banheiro. O assassino entrou e saiu pela sacada. Ela foi baleada na cabeça, no peito, na barriga. A investigação concluiu que foi um operário ressentido que fez aquilo por vingança e depois fugiu para o exterior atravessando a fronteira.

Lucas diz:

— A fronteira já era intransponível naquela época e um operário não teria um revólver.

O insone fecha os olhos e fica calado. Lucas pergunta:

— O senhor sabe quem mora atualmente na casa de vocês?

— Está cheia de crianças. A nossa casa virou um orfanato. Mas está na hora de você voltar, Lucas. O

Mathias vai acordar daqui a pouco e você tem que abrir a livraria.

— Tem razão. Já são sete e meia.

ÀS VEZES LUCAS VOLTA AO PARQUE para bater papo com o insone. O velho fala do passado, do seu passado feliz com a esposa.

— Ela estava o tempo todo rindo. Ela era feliz, despreocupada como uma criança. Ela adorava as frutas, as flores, as estrelas, as nuvens. No entardecer ela saía para a sacada para ficar olhando o céu. Segundo ela, nenhum lugar do mundo tinha um pôr do sol tão maravilhoso quanto o dessa cidade, em nenhum outro lugar as cores do céu eram tão brilhantes e tão bonitas.

O homem fecha seus olhos com olheiras, queimados pela insônia. Ele prossegue, mudando o tom de voz:

— Depois do assassinato, uns funcionários vieram requisitar a casa e tudo o que tinha dentro: os móveis, a louça, os livros, as joias e os vestidos da minha esposa. Tudo o que eles me permitiram levar foi uma mala com uma parte das minhas roupas. Eles me aconselharam a deixar a cidade. Eu perdi o meu emprego na fábrica, não tinha mais trabalho, nem casa, nem dinheiro.

— Fui até a casa de um amigo, um médico, aquele mesmo que eu tinha chamado na noite do assassinato. Ele me deu dinheiro para o trem. Ele me disse: *Não volte nunca mais para essa cidade. É um milagre que tenham deixado você vivo.*

— Peguei o trem, cheguei na cidade vizinha. Sentei na sala de espera da estação. Eu ainda tinha algum dinheiro para ir mais longe, talvez até a capital. Mas eu não tinha nada para fazer na capital, nem em qualquer outra cidade. Comprei uma passagem na bilheteria e voltei para cá. Bati na porta de uma casinha bem modesta em frente à livraria. Eu conhecia todos os operários e as operárias das nossas fábricas. Eu conhecia a mulher que abriu a porta para mim. Ela não me perguntou nada, ela me disse para entrar, me levou para um quarto: *Pode ficar aqui por quanto tempo quiser, senhor.*

— É uma mulher idosa que perdeu o marido, os dois filhos e a filha durante a guerra. A filha tinha só dezessete anos. Morreu no front onde tinha se alistado como enfermeira depois de um acidente terrível que tinha desfigurado o rosto dela. A minha senhoria nunca fala sobre isso, e de modo geral ela praticamente não fala. Ela me deixa sossegado no meu quarto, que dá para a rua, enquanto ela fica num quarto menor, que dá para o jardim. A cozinha também dá para o jardim. Eu posso ir até lá quando bem entender e sempre tem alguma coisa quentinha em cima do fogão. Todas as manhãs eu encontro os meus sapatos encerados, as minhas camisas lavadas e passadas sobre o encosto de uma cadeira no corredor, em frente à minha porta. A minha senhoria nunca entra no meu quarto e eu raramente cruzo com ela. Os nossos horários são bem diferentes. Não sei do que ela vive. Da pensão de viúva de guerra e da horta, imagino.

— Alguns meses depois da minha mudança para a casa dela, eu fui até a prefeitura e me ofereci para fazer qualquer trabalho. Os funcionários ficaram me mandando de uma sala para outra, eles tinham medo de tomar uma decisão a meu respeito, eu era alguém suspeito por conta do meu casamento com uma estrangeira. Por fim, foi o secretário do Partido, Peter, que me contratou como faz-tudo. Eu fui zelador, limpador de pisos e azulejos, varredor de poeira, de folhas mortas e de neve. Graças a Peter, agora eu tenho direito a aposentadoria e a outros benefícios como todo mundo. Eu não virei mendigo e vou poder terminar a minha vida aqui, na cidade onde eu nasci, onde eu sempre vivi.

— Pus o meu primeiro pagamento em cima da mesa da cozinha à noite. Era uma quantia irrisória, mas, para a minha senhoria, era muito dinheiro, dinheiro demais, segundo ela. Ela deixou metade em cima da mesa e nós continuamos assim: eu colocava a minha pensãozinha ao lado do prato dela todo mês e ela deixava exatamente a metade do valor ao lado do meu.

Uma mulher, envolta num xale enorme, sai do orfanato. É magra e pálida e no seu rosto ossudo brilham uns olhos imensos. Ela para diante do banco, fica olhando para Lucas, sorri e diz para o velho:

— Estou vendo que o senhor arranjou um amigo.

— Sim, um amigo. Esse aqui é o Lucas, Judith. Ele é dono da livraria da Praça Principal. A Judith é a diretora do orfanato.

Lucas levanta, Judith aperta a mão dele.

— Eu deveria comprar livros para as minhas crianças, mas estou atolada de trabalho e o meu orçamento é muito apertado.

Lucas diz:

— Eu posso enviar alguns livros para a senhora pelo Mathias. Qual é a idade das crianças?

— De cinco a dez anos. Quem é Mathias?

O velho diz:
— O Lucas também cuida de um órfão.
Lucas diz:
— O Mathias não é órfão. A mãe dele foi embora. Ele é meu agora.
Judith sorri.
— As minhas crianças também, nem todas são órfãs. A maior parte delas, de pai desconhecido, foi abandonada pelas mães, que foram estupradas ou são prostitutas.
Ela senta ao lado do velho, apoia a cabeça no ombro dele, fecha os olhos.
— Daqui a pouco vamos ter que providenciar o aquecimento, Michael. Se o tempo não mudar, a calefação vai ter que começar na segunda.
O velho a aperta com força contra ele.
— Está bem, Judith. Estarei aqui às cinco da manhã de segunda-feira.
Lucas fica olhando a mulher e o homem, abraçados, de olhos fechados, no frio úmido da manhã de outono, no silêncio total de uma pequena cidade esquecida. Ele dá alguns passos para se afastar em silêncio, mas Judith estremece, abre os olhos, se ergue.
— Fique, Lucas. As crianças vão acordar. Eu tenho que preparar o café da manhã delas.
Ela dá um beijo na testa do velho.
— Até segunda, Michael. Até mais, Lucas, e obrigada antecipadamente pelos livros.
Ela volta para a casa, Lucas senta de novo.
— Ela é linda.
— É linda, sim.
O insone ri.

— No início, ela desconfiava de mim. Ela me via aqui sentado no banco todos os dias. Talvez pensasse que eu era um pervertido. Um dia ela veio sentar ao meu lado e me perguntou o que eu estava fazendo aqui. Contei tudo para ela. Isso foi no início do inverno do ano passado. Ela propôs que eu ajudasse com a calefação dos quartos, ela não conseguia fazer tudo sozinha, ela só tem uma ajudante de dezesseis anos para a cozinha. Não tem aquecimento central na casa, o que tem são fogões de azulejos em todos os quartos, e são sete. Se você soubesse a alegria que eu senti de poder entrar de novo na nossa casa, nos nossos quartos! E também de poder ajudar a Judith. Ela é uma mulher sofrida. O marido desapareceu durante a guerra, ela mesma foi deportada e chegou até as portas do inferno. Literalmente. Um fogo de verdade queimava atrás dessas portas, um fogo aceso por seres humanos para consumir os corpos de outros seres humanos.

Lucas diz:

— Eu sei do que o senhor está falando. Já vi coisas semelhantes com os meus próprios olhos, aqui mesmo, nessa cidade.

— Você devia ser bem novinho.

— Eu era só uma criança. Mas não me esqueci de nada.

— Você vai esquecer. A vida é assim. Tudo passa com o tempo. As lembranças se atenuam, a dor diminui. Eu lembro da minha esposa como quem lembra de um pássaro, de uma flor. Ela era o milagre da vida num mundo onde tudo parecia leve, fácil e bonito. No início eu vinha aqui por ela, agora eu venho pela Judith, a sobrevivente. Isso pode parecer ridículo, Lucas, mas eu estou apaixonado pela Judith. Pela força dela, pela bondade dela, pela ternura dela por essas crianças que não são as dela.

Lucas diz:

— Isso não me parece nem um pouco ridículo.

— Na minha idade?

— A idade é só um detalhe. O essencial é que importa. O senhor a ama e ela também ama o senhor.

— Ela está esperando o retorno do marido.

— Muitas mulheres estão esperando ou chorando os maridos desaparecidos ou mortos. Mas o senhor acabou de dizer: a dor diminui, as lembranças se atenuam.

O insone ergue o olhar para Lucas.

— Diminuir, se atenuar. Eu disse isso, sim, mas não desaparecer.

NESSA MESMA MANHÃ Lucas escolhe livros infantis, coloca numa caixa e diz para Mathias:

— Pode levar esses livros até o orfanato, que fica ao lado daquele parque no caminho da casa da avó? É uma casa bem grande com uma sacada, tem uma fonte na frente.

O menino diz:

— Sei bem onde é.

— A diretora se chama Judith. Entregue esses livros para ela no meu nome.

O menino parte com os livros, ele volta em seguida. Lucas pergunta:

— O que você achou da Judith e das crianças?

— Eu não vi nem a Judith, nem as crianças. Eu só deixei os livros do lado de fora da porta.

— Você nem chegou a entrar?
— Não. E por que eu entraria? Para eu ficar por lá?
— Como? O que você está dizendo? Mathias!

O menino vai se trancar no quarto. Lucas fica na livraria até a hora de fechar, depois prepara o jantar e come sozinho. Ele toma um banho e está colocando a roupa quando o menino de repente sai do quarto.

— Você está saindo, Lucas? Onde você vai todas as noites?

Lucas diz:
— Eu vou trabalhar, você sabe disso.

O menino deita na cama de Lucas:
— Vou ficar esperando aqui. Se você trabalhasse nas tabernas, voltaria para casa quando elas fecham, à meia-noite. Mas você volta bem mais tarde.

Lucas senta numa cadeira diante do menino.
— Sim, Mathias, é verdade. Eu volto mais tarde. Tem uns amigos que eu vou visitar depois que as tabernas fecham.
— Quais amigos?
— Você não conhece.

O menino diz:
— Todas as noites eu fico sozinho.
— Você devia dormir de noite.
— Eu dormiria se soubesse que você está aqui, no seu quarto, dormindo também.

Lucas deita ao lado do menino, dá um beijo nele.
— Você realmente achou que eu tinha feito você ir até o orfanato para ficar por lá? Como é que você pôde achar uma coisa dessas?
— Eu não achei de verdade. Mas quando cheguei na frente da porta, eu fiquei com medo. Nunca se sabe.

A Yasmine também tinha prometido que nunca ia me deixar. Não me mande mais ir até lá. Eu não gosto de ir na direção da casa da avó.

Lucas diz:

— Eu entendo.

O menino diz:

— Os órfãos são crianças que não têm pais. Eu também não tenho pais.

— Tem, sim. Você tem a sua mãe, Yasmine.

— A Yasmine foi embora. E o meu pai? Onde ele está?

— O seu pai sou eu.

— Mas e o outro? O verdadeiro?

Lucas fica calado por um momento antes de responder:

— Ele morreu antes de você nascer, num acidente, como o meu.

— Os pais sempre morrem num acidente. Você também vai sofrer um acidente daqui a um tempo?

— Não. Eu tomo bastante cuidado.

O MENINO E LUCAS ESTÃO TRABALHANDO na livraria. O menino tira livros de uma caixa e entrega para Lucas, que, de pé numa escada dupla, vai organizando as estantes. É uma manhã chuvosa de outono.

Peter entra na loja. Está usando uma pelerine com capuz, as gotas escorrem pelo rosto dele, pingam no chão. De debaixo da pelerine ele tira um pacote enrolado num pano de juta.

— Tome, Lucas. Vim devolver para você. Não posso mais ficar com isso. Não é mais seguro ficar com isso na minha casa.

Lucas diz:

— Você está pálido, Peter. O que está acontecendo?
— Você nunca lê os jornais? Nunca ouve rádio?
— Eu nunca leio os jornais e só ouço discos antigos.
Peter se volta para o menino:
— É o filho da Yasmine?
Lucas diz:
— Sim, é o Mathias. Cumprimente o Peter, Mathias. É um amigo meu.
O menino fica calado encarando Peter.
Peter diz:
— O Mathias já me cumprimentou com os olhos.
Lucas diz:
— Vá dar comida para os animais, Mathias.
O menino baixa os olhos, fica mexendo na caixa de livros.
— Agora não é hora de dar comida para os animais.
Lucas diz:
— Tem razão. Fique aqui e me avise se aparecer algum cliente. Vamos subir, Peter.
Eles sobem para o quarto de Lucas.
Peter diz:
— Esse menino tem uns olhos lindos.
— Sim, são os olhos da Yasmine.
Peter entrega o pacote para Lucas.
— Estão faltando páginas nos seus cadernos, Lucas.
— Sim, Peter. Eu já disse: eu faço correções, eu descarto, eu excluo tudo o que não é essencial.
— Você corrige, descarta, exclui. O seu irmão Claus não vai entender nada.
— Claus vai entender.

— Eu também entendi.
— É por isso que está me devolvendo? Porque você acha que entendeu tudo?

Peter diz:
— O que está acontecendo não tem nada a ver com os seus cadernos, Lucas. É uma coisa muito mais séria. Tem uma insurreição se formando no nosso país. Uma contrarrevolução. Começou com intelectuais escrevendo coisas que não deveriam. Continuou com os estudantes. Os estudantes estão sempre prontos para semear a desordem. Eles organizaram uma manifestação que descambou para a violência contra as forças da ordem. Mas a coisa ficou realmente perigosa quando os operários e até mesmo uma fração do nosso exército se juntaram aos estudantes. Ontem à noite tinha militares distribuindo armas para indivíduos irresponsáveis. As pessoas estão atirando umas nas outras na capital e o movimento está se espalhando para o interior e para a classe agrícola.

Lucas diz:
— Isso significa todas as camadas da população.
— Menos uma. A que eu pertenço.
— Vocês são muito poucos em comparação com os que estão contra vocês.
— Verdade. Mas nós temos amigos poderosos.

Lucas fica em silêncio. Peter abre a porta.
— Nós provavelmente não vamos nos ver de novo, Lucas. Vamos nos despedir sem rancor.

Lucas pergunta:
— Para onde você vai?

— Os líderes do Partido têm que se colocar sob a proteção do exército estrangeiro.

Lucas levanta, segura Peter pelos ombros, fica olhando nos olhos dele.

— Me diga, Peter! Você não tem vergonha?

Peter pega as mãos de Lucas e aperta forte contra o rosto. Ele fecha os olhos e diz baixinho:

— Sim, Lucas. Eu tenho uma vergonha imensa.

Algumas lágrimas escapam dos seus olhos fechados. Lucas diz:

— Não. Nada disso. Se recomponha.

Lucas acompanha Peter até a rua. Ele segue com o olhar a silhueta escura indo embora de cabeça baixa, sob a chuva, na direção da estação ferroviária.

Quando Lucas chega de volta na livraria, o menino diz:

— Que bonito esse senhor. Quando ele vai voltar?

— Não sei, Mathias. Talvez nunca.

À noite Lucas vai para a casa de Clara. Ele entra na casa, que está com todas as luzes apagadas. A cama de Clara está fria e vazia. Lucas acende o abajur. Sobre o travesseiro, um bilhete de Clara:

Estou indo vingar Thomas.

Lucas volta para casa. Ele encontra o menino na sua cama e diz:

— Já estou cheio de encontrar você todas as noites na minha cama. Vá para o seu quarto e durma.

O queixo do menino treme, ele funga.

— Eu ouvi o Peter dizer que as pessoas estavam atirando umas nas outras na capital. Você acha que a Yasmine está em perigo?

— A Yasmine não está em perigo, não precisa se preocupar.
— Você disse que o Peter talvez não volte nunca. Você acha que ele vai morrer?
— Não, não acho. Mas a Clara vai, com certeza.
— Quem é Clara?
— Uma amiga. Vá para a cama, Mathias, e durma. Eu estou muito cansado.

NA CIDADE PEQUENA quase nada acontece. Bandeiras estrangeiras desaparecem dos prédios públicos, as efígies dos líderes também. Um cortejo atravessa a cidade carregando antigas bandeiras do país e cantando o antigo hino nacional e outros cantos que remontam a uma outra revolução, de um outro século.

As tabernas estão cheias. As pessoas falam, riem, cantam mais alto do que o normal.

Lucas fica ouvindo rádio ininterruptamente até o dia em que a música clássica substitui as informações.

Lucas olha pela janela. Um tanque de guerra do exército estrangeiro estaciona na Praça Principal.

Lucas sai de casa para comprar um maço de cigarros. Todas as lojas, todos os negócios estão fechados. Lucas tem que ir até a estação ferroviária. Ele cruza com outros tanques de guerra no caminho. Os canhões dos tanques giram na sua direção, eles o seguem. As ruas estão desertas, as janelas fechadas, as venezianas também. Mas a estação ferroviária e seus arredores estão cheios de soldados locais, de guardas de fronteira, desarmados. Lucas aborda um deles:

— O que está acontecendo?
— Não faço ideia. Nós fomos desmobilizados. Você queria pegar o trem? Não tem trem para os civis.
— Eu não queria pegar o trem. Só vim comprar cigarro. Todos os negócios estão fechados.

O soldado entrega um maço de cigarros para Lucas.
— Você não vai conseguir entrar na estação. Pegue esse pacote e volte para casa. É perigoso ficar andando pela rua.

Lucas volta para casa. O menino já está de pé, eles ficam ouvindo rádio juntos.

Muita música e alguns breves discursos:

Ganhamos a revolução. É a vitória do povo. Nosso governo pediu a ajuda do nosso grande protetor contra os inimigos do povo.

E também:

Mantenham-se calmos. Toda e qualquer reunião de mais de duas pessoas está proibida. A venda de bebidas alcoólicas está proibida. Restaurantes e cafés devem permanecer fechados até segunda ordem. Deslocamentos individuais de trem ou de ônibus estão proibidos. Respeitem o toque de recolher. Não saiam depois do cair da noite.

Mais música, depois recomendações e ameaças:

O trabalho deve ser retomado nas fábricas. Os operários que não se apresentarem ao seu local de trabalho serão dispensados. Os sabotadores serão submetidos a tribunais de exceção. Eles estarão sujeitos à pena de morte.

O menino diz:
— Não estou entendendo nada. Quem ganhou a revolução? E por que está tudo proibido? Por que eles são tão maus?

Lucas desliga o rádio:

— Não temos mais por que ouvir rádio. Não serve para nada.

Ainda há resistência, combates, greves. Também há prisões, encarceramentos, desaparecimentos, execuções. Tomados de pânico, duzentos mil habitantes deixam o país.

Alguns meses depois o silêncio, a calmaria, a ordem voltam a reinar.

Lucas toca a campainha na casa de Peter:

— Eu sei que você voltou. Por que está se escondendo de mim?

— Não estou me escondendo. Só achei que você não quisesse mais me ver. Estava esperando você dar o primeiro passo.

Lucas ri.

— Está dado. Em resumo está tudo como antes. A revolução não serviu para nada.

Peter diz:

— A História julgará.

Lucas ri de novo:

— Que palavras grandiosas. O que deu em você, Peter?

— Não ria. Eu passei por uma crise profunda. Primeiro eu me demiti do Partido, depois deixei me convencerem a reassumir o meu antigo cargo nessa cidade. Eu gosto muito dessa cidade. Ela exerce certo poder sobre a alma. Depois de ter morado aqui você não consegue não voltar para cá. E também tem você, Lucas.

— É uma declaração de amor?

— Não. De amizade. Eu sei que não posso esperar nada de você. E a Clara? Ela voltou?

— Não, a Clara não voltou. Já tem outra pessoa morando na casa dela.

Peter diz:

— Houve trinta mil mortes na capital. Atiraram até num um cortejo que tinha mulheres e crianças. Se a Clara participou de alguma coisa...

— Ela certamente participou de tudo o que estava acontecendo na capital. Acho que ela se juntou ao Thomas e está bem assim. Ela não parava de falar do Thomas. Ela só pensava no Thomas, ela só amava o Thomas, ela estava doente de Thomas. De um jeito ou de outro ela teria morrido de Thomas.

Após um silêncio, Peter diz:

— Muitas pessoas atravessaram a fronteira durante esse período conturbado em que a fronteira estava sem vigilância. Por que você não aproveitou para se juntar ao seu irmão?

— Não pensei nisso nem por um momento. Como é que eu poderia deixar o menino sozinho?

— Podia ter levado ele junto.

— Você não embarca numa aventura dessas com uma criança dessa idade.

— Você embarca para qualquer lugar, em qualquer hora, com quem você quiser, se você realmente quer. O menino é só uma desculpa.

Lucas abaixa a cabeça.

— O menino tem que ficar aqui. Ele está esperando a mãe dele voltar. Ele não teria ido comigo.

Peter não responde. Lucas levanta a cabeça e fica olhando para ele.

— Tem razão. Eu não quero ir me juntar ao Claus. Ele é que tem que voltar, foi ele que partiu.

Peter diz:

— Alguém que não existe não pode voltar.

— O Claus existe e vai voltar!

Peter se aproxima de Lucas e segura firme no ombro dele.

— Fique calmo. Chegou a hora de você encarar a realidade. Nem o seu irmão, nem a mãe do menino vão voltar, você sabe disso.

Lucas murmura:

— O Claus vai.

Ele desaba para a frente da poltrona onde está sentado, sua testa bate na borda da mesinha de centro, ele cai no tapete. Peter o carrega até o sofá, molha um pano e enxuga o rosto de Lucas, encharcado de suor. Quando Lucas volta a si, Peter dá de beber a ele e entrega um cigarro aceso.

— Me desculpe, Lucas. Não vamos mais falar dessas coisas.

Lucas pergunta:

— Do que nós falamos?

— Do quê? — Peter acende outro cigarro. — De política, é claro.

Lucas ri.

— Devia estar um tanto entediante para eu ter pegado no sono no seu sofá.

— Sim, foi isso mesmo, Lucas. A política sempre deixou você entediado, não é mesmo?

O MENINO ESTÁ COM SEIS ANOS E MEIO. No primeiro dia de aula Lucas quer acompanhá-lo, mas o menino prefere ir sozinho. Quando ele chega em casa, ao meio-dia, Lucas pergunta se correu tudo bem, o menino diz que correu tudo muito bem.

Nos dias seguintes também, o menino diz que está tudo bem na escola. No entanto, um dia ele chega em casa com um machucado na bochecha. Ele diz que caiu. Num outro dia é a mão direita que está com algumas marcas vermelhas. Nessa mão, no dia seguinte, as unhas ficam pretas, com exceção da unha do polegar. O menino diz que prendeu os dedos numa porta. Por semanas a fio ele precisa usar a mão esquerda para escrever.

Uma noite o menino chega em casa com um corte no lábio e a boca inchada. Não consegue comer. Lucas não pergunta nada, ele despeja leite na boca do menino, depois coloca sobre a mesa da cozinha uma meia cheia de areia, uma pedra pontiaguda e uma navalha. Ele diz:

— Essas eram as nossas armas quando tínhamos que nos defender dos outros meninos. Leve com você. Se defenda!

O menino diz:

— Vocês eram dois. Eu sou um só.

— Sozinho também é preciso saber se defender.

O menino olha os objetos sobre a mesa.

— Não posso. Eu nunca ia conseguir bater em alguém, machucar alguém.

— Por quê? Os outros batem em você, machucam você.

O menino fica olhando Lucas nos olhos.

— Os machucados físicos não importam quando sou eu que recebo. Mas se eu tivesse que fazer com alguém, isso ia se tornar um outro tipo de machucado para mim e eu não ia conseguir suportar.

Lucas pergunta:

— Quer que eu vá conversar com o professor?

O menino diz:

— Nem pensar! Você está proibido! Não faça isso nunca, Lucas! Eu por acaso reclamei? Eu por acaso pedi sua ajuda? Suas armas?

Ele derruba da mesa os objetos de defesa.

— Eu sou mais forte do que todos eles. Mais corajoso e principalmente mais inteligente. É só isso que conta.

Lucas joga a pedra e a meia cheia de areia no lixo. Fecha a navalha, guarda no bolso.

— Eu ainda levo sempre comigo, mas não uso mais.

Quando o menino está deitado, Lucas entra no quarto dele, senta na beira da cama.

— Não vou mais me intrometer nos seus assuntos, Mathias. Não vou fazer mais perguntas. Quando você quiser sair da escola, você vai me dizer, não vai?

O menino diz:

— Eu nunca vou sair da escola.

Lucas pergunta:

— Mathias, você às vezes chora quando está sozinho à noite?

O menino diz:

— Eu estou acostumado a ficar sozinho. Eu nunca choro, você sabe disso.

— Sim, eu sei. Mas você também nunca ri. Quando você era pequeno, você estava o tempo todo rindo.

— Isso devia ser antes da Yasmine morrer.

— O que você está dizendo, Mathias? A Yasmine não morreu.

— Sim. Ela morreu. Eu sei disso há bastante tempo. Senão ela já teria voltado.

Após um silêncio, Lucas diz:

— Mesmo depois da Yasmine ir embora, você ainda ria, Mathias.

O menino fica olhando o teto.

— É, talvez. Antes da gente sair da casa da avó. A gente não devia ter saído da casa da avó.

Lucas segura o rosto do menino nas mãos.

— Talvez você esteja certo. Talvez a gente não devesse ter saído da casa da avó.

O menino fecha os olhos, Lucas dá um beijo na testa dele.

— Durma bem, Mathias. E quando você estiver com muita dor, muita tristeza, se não quiser falar com ninguém, escreva. Vai ajudar.

O menino responde:

— Eu já escrevi. Escrevi tudo. Tudo o que aconteceu comigo desde que nós viemos morar aqui. Os meus pesadelos, a escola, tudo. Eu também tenho o meu grande caderno, como você. Você tem vários, eu só tenho um, ainda bem fininho. Eu nunca vou deixar você ler. Você me proibiu de ler os seus, eu proíbo você de ler o meu.

Às dez horas da manhã um senhor de idade, barbudo, entra na livraria. Lucas o conhece de vista. É um dos seus melhores clientes. Lucas levanta e pergunta, sorrindo:

— Posso ajudar, senhor?

— Eu tenho tudo o que preciso, obrigado. Vim conversar com o senhor a respeito do Mathias. Eu sou o professor dele. Enviei várias cartas solicitando que o senhor fosse me ver.

Lucas diz:

— Eu não recebi nenhuma carta.

— Mas o senhor assinou as cartas.

O professor tira três envelopes do bolso e entrega para Lucas.

— Não é a sua assinatura?

Lucas examina as cartas.

— Sim e não. É a minha assinatura imitada com muita competência.

O professor sorri, pegando as cartas de volta.

— Foi o que eu acabei concluindo. O Mathias não quer que eu converse com o senhor. É por isso que eu decidi vir durante o horário de aula. Pedi para um aluno maior ficar cuidando dos meus enquanto eu estivesse fora. A minha visita vai ser um segredo nosso, se o senhor quiser.

Lucas diz:

— Sim, acho que seria melhor. O Mathias me proibiu de conversar com o senhor.

— É um menino bastante confiante e um tanto orgulhoso, inclusive. Ele também é, sem sombra de dúvida, o aluno mais inteligente da turma. Apesar disso, o único conselho que eu posso dar é tirar o menino da escola. Eu assino tudo o que for preciso para isso.

Lucas diz:

— O Mathias não quer sair da escola.

— Se o senhor soubesse o que ele tem que aguentar! A crueldade das crianças está além da compreensão. As meninas debocham dele. Ficam chamando ele de *aranha*, *corcunda, bastardo.* Ele senta sozinho na primeira fila e ninguém quer sentar do lado dele. Os meninos batem nele, enchem ele de chutes, de socos. O coleguinha que senta atrás fechou o tampo da carteira nos dedos dele. Eu intervim várias vezes, mas isso só piorou as coisas. Mesmo a inteligência acaba se voltando contra ele. As outras crianças não suportam que o Mathias saiba tudo, que ele seja o melhor em tudo. Eles ficam com inveja e tornam a vida dele insuportável.

Lucas diz:

— Eu sei, mesmo que ele nunca me tenha me contado.

— É, ele nunca reclama. Nem chorar ele chora. Ele tem uma força de caráter tremenda. Mas ele não vai conseguir aguentar eternamente tanta humilhação. Tire o menino da escola, eu venho aqui todas as noites dar aula para ele, seria um verdadeiro prazer para mim trabalhar com um menino tão dotado.

Lucas diz:

— Eu agradeço muito, senhor professor. Mas isso não depende de mim. É o Mathias que insiste em frequentar a escola normalmente, como as outras crianças. Para ele, sair da escola significaria reconhecer que é diferente, que é aleijado.

O professor diz:

— Entendo. No entanto, diferente ele é, e ele vai ter que aceitar isso um dia.

Lucas fica em silêncio, o professor circula pela loja, olhando os livros nas estantes.

— É um lugar muito espaçoso. O que o senhor acharia de colocar umas mesas com cadeiras e fazer uma sala de leitura para crianças? Eu poderia trazer uns livros usados, já não sei onde colocar todos os que eu tenho. Assim, as crianças cujos pais não têm nenhum livro, e são muitas, acredite em mim, poderiam vir aqui e ler em silêncio por uma ou duas horas.

Lucas encara o professor:

— O senhor acha que isso poderia mudar a relação entre o Mathias e as outras crianças, não é? Sim, vale a pena tentar. Pode ser uma boa ideia, senhor professor.

6

São dez horas da noite. Peter toca a campainha na casa de Lucas. Lucas joga para ele a chave da porta de entrada pela janela. Peter sobe e entra no quarto.
— Não estou incomodando?
— De forma alguma. Pelo contrário. Procurei você, mas você tinha desaparecido. Até o Mathias ficou preocupado com o seu sumiço.
Peter diz:
— Que querido. Ele está dormindo?
— Está no quarto, mas não dá para saber se está dormindo ou fazendo alguma outra coisa. Ele acorda a qualquer hora da noite e começa a ler, a escrever, a pensar, a estudar.
— Ele consegue nos ouvir?
— Se ele quiser, consegue, sim.
— Nesse caso, prefiro que você venha até a minha casa.
— Está bem.
Na sua casa Peter abre as janelas de todos os cômodos. Ele desaba numa poltrona.
— Esse calor está insuportável. Busque algo para beber e se acomode. Estou chegando da estação ferroviária, passei o dia inteiro viajando. Tive que mudar de trem quatro vezes, com esperas extremamente longas entre as trocas.
Lucas serve uma bebida.
— De onde você está vindo?

— Da minha cidade natal. Fui convocado com urgência pelo juiz de instrução a respeito do Victor. Ele estrangulou a irmã numa crise de delirium tremens.

Lucas diz:

— Pobre Victor. Conseguiu vê-lo?

— Sim, vi. Ele está num manicômio.

— Como ele está?

— Muito bem, muito calmo. Um pouco inchado por causa dos remédios. Ficou feliz em me ver, queria saber notícias suas e notícias da livraria, do menino. Mandou cumprimentos.

— E o que ele disse a respeito da irmã?

— Ele disse, com tranquilidade, *agora está feito, não dá mais para mudar isso.*

Lucas pergunta:

— O que vai ser dele?

— Não sei. Ainda não foi a julgamento. Acho que ele vai ficar no manicômio pelo resto da vida. O lugar do Victor não é numa prisão. Perguntei o que eu podia fazer por ele, ele me disse para mandar regularmente material para escrever. *Papel e lápis, é tudo que preciso. Aqui eu finalmente vou poder escrever o meu livro,* ele me disse.

— Sim, o Victor queria escrever um livro. Ele me contou quando eu comprei a livraria. Foi justamente para fazer isso que ele vendeu tudo.

— Sim, e ele já começou a escrever o livro dele.

Peter tira uma pilha de folhas datilografadas da sua pasta:

— Li tudo no trem. Leve para casa, leia e me devolva. Ele bateu à máquina ao lado do cadáver da irmã. Ele estrangulou a irmã e foi para a escrivaninha escrever. Eles foram encontrados assim, no quarto do Victor, a irmã estrangulada, deitada na cama, Victor batendo à máquina, bebendo aguardente, fumando charutos. Foram as clientes da irmã dele que chamaram a polícia no dia seguinte. No dia do crime o Victor saiu de casa, sacou dinheiro no banco, foi comprar aguardente, cigarros e charutos. Ele disse para as clientes que tinham hora marcada para uma prova de roupa e estavam esperando do lado de fora da porta que a irmã tinha passado mal por causa do calor e que ela não deveria ser incomodada. As clientes, determinadas e certamente ansiosas para estar com os seus vestidos novos, voltaram no dia seguinte, bateram na porta, conversaram com as vizinhas, acharam tudo muito esquisito e decidiram então alertar a polícia. Os policiais arrombaram a porta e encontraram o Victor podre de bêbado, datilografando tranquilamente o manuscrito dele. Ele foi conduzido sem oferecer resistência, levando com ele as folhas que já estavam prontas. Leia. Apesar de estar cheio de erros, é legível e muito interessante.

Lucas volta para casa com o manuscrito de Victor e começa a copiá-lo no seu caderno durante a noite.

HOJE É DIA 15 DE AGOSTO, a canícula já dura três semanas. O calor é insuportável tanto dentro de casa quanto na rua. Não tem nenhum modo de se defender disso. Eu não gosto de calor, não gosto do verão. Um verão chuvoso, fresco, tudo bem, mas a canícula me derruba completamente.

Acabei de estrangular minha irmã. Ela está deitada na minha cama, eu a cobri com um lençol. Com esse calor, o corpo logo vai começar a feder. Azar. Vejo isso mais tarde. Fechei a porta de entrada à chave e se alguém bater não vou abrir. Fechei também as janelas e as venezianas.

Vivi com minha irmã por quase dois anos. Vendi a livraria e a casa que eu tinha numa cidade pequena e distante, perto da fronteira. Vim viver com ela para poder escrever um livro. Na cidade pequena e distante isso me parecia impossível por causa da enorme solidão em que eu vivia, que ameaçava me deixar doente e alcoólatra. Achei que aqui, junto da minha irmã, que iria cuidar da casa, das refeições e das roupas, eu iria voltar a ter uma vida saudável, uma vida equilibrada, que enfim iria me permitir escrever o livro que eu sempre quis escrever.

Infelizmente a vida calma e tranquila que eu imaginava para mim rápido se transformou num inferno.

Minha irmã ficava me vigiando, me espiando sem parar. Assim que eu cheguei, ela imediatamente me proibiu de beber e fumar, e quando eu voltava das compras ou de uma caminhada, ela me beijava carinhosamente, mas, eu sabia, apenas com o propósito de ver se eu estava cheirando a álcool ou tabaco.

Me abstive de beber por alguns meses, mas eu não tinha absolutamente nenhuma condição de me privar também do tabaco. Eu fumava escondido, como uma criança, comprava um charuto ou um maço de cigarros e saía para dar uma caminhada na floresta. Quando voltava, mastigava agulhas de pinheiro, chupava balas de menta para tirar o cheiro. Eu também fumava à noite, com a janela aberta, mesmo no inverno.

Eu ia com frequência até a escrivaninha com umas folhas de papel, mas a minha cabeça era um vazio absoluto.

E sobre o que eu poderia escrever? Não acontecia nada na minha vida, nunca tinha acontecido nada na minha vida, e à minha volta também não. Nada sobre o que valesse a pena escrever. Além disso, a minha irmã ficava me incomodando o tempo todo, ela entrava no meu quarto com tudo quanto era tipo de desculpa. Vinha me trazer um chá, tirar o pó dos móveis, guardar as roupas limpas no armário. Ela também dava uma espiada por cima do meu ombro para ver se a minha escrita estava avançando. Por conta disso me vi obrigado a encher folhas e folhas de papel, e como eu não sabia com que enchê-las, eu copiava textos de livros, pouco importava quais. Às vezes a minha irmã lia uma frase por cima do meu ombro, achava a frase bonita, me encorajava com um sorriso de contentamento.

Não tinha nenhum risco de que ela descobrisse o meu embuste, já que ela nunca lia, ela não deve ter lido um único livro na vida, ela nunca tinha tido tempo, desde a infância ela trabalhava do início ao fim do dia.

À noite ela me obrigava a ir para a sala de estar.

— Você já trabalhou o suficiente por hoje. Vamos bater um papo.

Enquanto costurava, à mão ou na sua velha máquina de pedal, ela falava. Das vizinhas, das clientes, de vestidos e de tecidos, do seu cansaço, do sacrifício que ela estava fazendo em nome da obra e do sucesso do seu irmão, eu, Victor.

Eu era obrigado a ficar ali sentado, sem tabaco, sem álcool, ouvindo aquela conversinha estúpida. Quando ela enfim se recolhia no seu quarto, eu ia para o meu, acendia um charuto ou um cigarro, pegava uma folha de papel e enchia de insultos dirigidos à minha irmã, às suas clientes acéfalas e aos seus vestidos ridículos. Eu escondia a folha no meio das outras, que não passavam de cópias disparatadas de passagens de um livro qualquer. No Natal minha irmã me presenteou com uma máquina de escrever.

— O seu manuscrito já está bem grosso, daqui a pouco você vai chegar no final do livro, imagino. Depois vai ser preciso bater à máquina. Você teve aulas de datilografia na escola de negócios e mesmo que esteja um pouco enferrujado pela falta de prática você recupera o jeito rapidinho.

Eu estava no ápice do desespero, mas, para agradar minha irmã, fui logo me acomodar na minha escrivaninha e muito desajeitadamente copiei algumas páginas do texto já copiado de um livro qualquer. Minha irmã ficou me olhando fazer aquilo, balançando a cabeça com satisfação:

— Não está tão ruim, Victor, estou surpresa, está até indo muito bem. Em pouco tempo você vai estar datilografando tão rápido como antigamente.

Assim que fiquei só, reli as páginas batidas à máquina. Aquilo não passava um acúmulo de erros de datilografia, incorreções e gralhas.

Alguns dias depois, voltando da minha caminhada *higiênica*, entrei numa taberna suburbana. Eu só queria me aquecer um pouco bebendo uma xícara de chá,

pois minhas mãos e pés estavam frios e completamente dormentes por causa da minha má circulação. Fui me acomodar numa mesa ao lado da lareira e quando o garçom me perguntou o que eu queria, respondi:
— Um chá.
Então acrescentei:
— Com rum.
Não sei por que acrescentei isso, eu não tinha a mínima intenção de fazer isso, e ainda assim fiz. Bebi meu chá com rum e pedi mais rum, sem chá desta vez, e um pouco depois um terceiro rum.

Olhei preocupado à minha volta. A cidade não é muito grande, quase todo mundo aqui conhece a minha irmã. Se ela soubesse pelos clientes ou pelas vizinhas que eu tinha entrado numa taberna! Mas tudo o que eu estava vendo eram rostos de homens cansados, indiferentes, ausentes, e minha preocupação sumiu. Peguei mais um rum e saí dali. Meus passos estavam vacilantes, eu não bebia fazia vários meses, o álcool tinha subido bem rápido para a cabeça.

Eu não sabia como ia voltar para casa. Eu estava com medo da minha irmã. Fiquei vagando pelas ruas por um tempo, depois comprei uma caixa de balas de menta numa loja e fui logo colocando duas na boca. Na hora de pagar sem que eu soubesse por que, sem mesmo que eu quisesse, digamos assim, eu disse para a vendedora, num tom indiferente:
— Ah, me veja também uma garrafa de aguardente de ameixa, dois maços de cigarro e três charutos.

Acomodei a garrafa no bolso interno do meu sobretudo. Lá fora nevava, eu me sentia perfeitamente feliz. Eu não estava mais com medo de voltar para casa, não estava mais com medo da minha irmã. Quando cheguei em casa, ela gritou do quarto que usa como oficina de costura:

— Tenho um trabalho urgente, Victor. A comida está quente no forno. Eu vou comer mais tarde.

Comi rápido na cozinha, me retirei para o quarto e fechei a porta à chave. Era a primeira vez que eu me atrevia a fechar a porta à chave. Quando minha irmã quis entrar no quarto, eu gritei, eu me atrevi a gritar:

— Não me incomode! Eu estou com umas ideias maravilhosas! Tenho que anotar tudo antes que elas me escapem.

Minha irmã respondeu humildemente:

— Eu não queria incomodar. Só queria dar boa noite.

— Boa noite, Sophie!

Ela ainda não tinha ido embora.

— Arranjei uma cliente muito exigente. O vestido dela tem que estar pronto para o ano-novo. Mil desculpas, Victor, por você ter tido que comer sozinho.

— Não tem nenhuma importância — respondi com gentileza. — Vá para a cama, Sophie, está tarde.

Depois de um silêncio, ela perguntou:

— Por que você fechou a porta à chave, Victor? Você não precisava ter fechado a porta à chave. Isso realmente não era necessário.

Tomei um gole de aguardente para me acalmar.

— Não quero ser incomodado. Estou escrevendo.

— Que bom. Muito bom, Victor.

Bebi toda a garrafa de aguardente, era só meio litro, fumei dois charutos e vários cigarros. Eu jogava as bitucas pela janela. Ainda estava nevando. A neve cobriu as bitucas e a garrafa vazia, que eu também joguei pela janela, bem longe, na rua.

Na manhã seguinte minha irmã bateu na minha porta. Não respondi. Ela bateu de novo. Eu gritei:

— Me deixe dormir!

Ouvi ela sair.

Só fui me levantar às duas da tarde. A comida e minha irmã estavam à minha espera na cozinha. Este foi o nosso diálogo:

— Esquentei a comida três vezes.

— Não estou com fome. Me faça um café.

— São duas horas. Como é que você consegue dormir tanto tempo assim?

— Fiquei escrevendo até as cinco da manhã. Eu sou um artista. Eu tenho o direito de trabalhar quando eu quiser, quando a inspiração me permitir. Escrever não é a mesma coisa que costurar vestidos. Enfie isso na sua cabeça, Sophie.

Minha irmã me olhava com admiração.

— Tem razão, Victor, me desculpe. Daqui a pouco vai estar pronto o livro?

— Sim, daqui a pouco.

— Que felicidade! Vai ser um livro lindo. As poucas passagens que eu li me deixaram convencida disso.

Eu pensei:

Pobre coitada!

Eu bebia cada vez mais, estava ficando imprudente. Esquecia carteiras de cigarro no bolso do sobretudo. Minha irmã, com a desculpa de escovar e limpar, revistava os meus bolsos. Um dia ela entrou no meu quarto sacudindo uma carteira pela metade.

— Você está fumando!
Eu respondi, desafiador:
— Sim, estou fumando. Não consigo escrever sem fumar.
— Você tinha me prometido que não ia mais fumar!
— Eu tinha prometido isso para mim mesmo também. Mas me dei conta que eu seria incapaz de escrever se não fumasse. É um verdadeiro dilema para mim, Sophie. Se eu paro de fumar, eu também paro de escrever. Decidi que era melhor continuar a fumar e a escrever do que viver sem escrever. Eu estou quase no final do meu livro, você deveria me deixar livre, Sophie, para terminar o meu livro, e pouco importa se eu estou ou não estou fumando.

Minha irmã, impressionada, se retirou, depois voltou com um cinzeiro, que ela colocou na escrivaninha.

— Então fume, não é um grande problema, e se é para o seu livro...

Para beber, adotei a seguinte tática: eu comprava litros de aguardente em diferentes bairros da cidade, tomando cuidado para não ir duas vezes seguidas no mesmo estabelecimento. Eu levava a garrafa no bolso interno do meu sobretudo, escondia a garrafa no porta-guarda-chuva do corredor e, quando minha irmã saía ou ia para a cama, eu buscava a garrafa, me trancava no meu quarto, bebia e fumava até tarde da noite.

Eu evitava as tabernas, voltava sóbrio das caminhadas e estava tudo bem entre mim e minha irmã até a primavera deste ano, quando Sophie começou a ficar impaciente:

— Vai acabar o livro ou não, Victor? Não dá para continuar assim. Você nunca levanta antes das duas da tarde, você está com uma cara péssima, vai acabar ficando doente, e eu também.

— Eu terminei, Sophie. Agora vou precisar corrigir e bater à máquina. É bastante trabalho.

— Eu nunca tinha imaginado que escrever um livro levava tanto tempo.

— Um livro não é um vestido, Sophie, não esqueça.

CHEGOU O VERÃO. Eu sofria terrivelmente com o calor. Passava as tardes na floresta, deitado sob as árvores. Às vezes eu cochilava, tinha sonhos confusos. Num fim de tarde uma tempestade me pegou de surpresa enquanto eu dormia, uma tempestade horrível. Era o dia 14 de agosto. Saí da floresta o mais rápido que pude, com minha perna doente. Corri para me abrigar na primeira taberna que apareceu. Operários, pessoas simples estavam bebendo. Eles estavam comemorando a tempestade, pois fazia vários meses que não chovia. Pedi uma limonada, eles riram, e um deles me entregou uma taça de vinho tinto. Aceitei. Em seguida pedi uma garrafa e ofereci vinho para todos. E continuou assim enquanto a chuva caía, eu pedia uma garrafa depois da outra, eu estava me sentindo maravilhosamente bem, cercado por uma calorosa amizade. Gastei todo o dinheiro que tinha comigo. Meus companheiros foram indo embora, um depois do outro, enquanto eu não tinha nenhuma vontade de voltar, eu me sentia sozinho, eu não tinha um lar, eu não sabia para onde ir, eu tinha vontade de rever minha casa, minha livraria, na cidade pequena e distante que era o lugar ideal, agora eu sabia com certeza, eu nunca devia ter deixado aquela cidade fronteiriça para vir morar com a irmã que eu odiava desde a infância.

O dono da taberna disse:

— Estamos fechando!

Na rua minha perna esquerda, a perna doente, vacilou com o meu peso e eu caí.

Não me lembro do resto. Acordei banhado em suor na minha cama. Eu não me atrevia a sair do meu quarto. Nacos de memória estavam voltando aos poucos. Rostos sorridentes, vulgares, numa taberna suburbana... Mais tarde, a chuva, a lama... O uniforme dos policiais que me trouxeram de volta... O rosto decomposto da minha irmã... Meus insultos destinados a ela... A risada dos policiais...

A casa estava silenciosa. Lá fora o sol brilhava de novo, o calor era sufocante.

Levantei, tirei minha mala velha de debaixo da cama, comecei a amontoar minhas roupas dentro dela. Era a única solução. Ir embora daqui o mais rápido possível. Minha cabeça girava. Meus olhos, minha boca, minha garganta ardiam. Eu estava tendo vertigens, precisei me sentar. Eu achava que nunca iria conseguir chegar na estação ferroviária naquele estado. Vasculhei a cesta de lixo, encontrei uma garrafa de aguardente apenas começada. Bebi direto no gargalo. Fiquei me sentindo melhor. Passei a mão pela cabeça. Eu estava com um galo dolorido atrás da orelha esquerda. Peguei de novo a garrafa, levei até a boca e minha irmã entrou no meu quarto. Apoiei a garrafa, fiquei esperando. Minha irmã também estava esperando. O silêncio durou bastante. Foi ela quem o rompeu, com uma voz calma e esquisita:

— O que você tem para me dizer?

— Nada — eu disse.

Ela deu um berro:

— Assim é fácil! Assim é muito fácil! O cavalheiro não tem nada a dizer! É recolhido pela polícia, podre de bêbado, deitado na lama, e o cavalheiro não tem nada a dizer!

Eu disse:

— Me deixe. Eu estou indo embora.

Ela bufou:

— Sim, estou vendo, você está arrumando a mala. Mas para onde você vai, seu imbecil, para onde você iria sem dinheiro?

— Eu ainda tenho no banco um dinheiro que sobrou da venda da livraria.

— Ah, é? Fico me perguntando o que será que sobrou do seu dinheiro. Você vendeu a livraria por uma mixaria e o pouco dinheiro que ganhou torrou em bebida e cigarros.

É claro que eu não tinha contado para ela das moedas de ouro e de prata, nem das joias que eu tinha recebido a mais, tudo guardado no banco. Eu respondi simplesmente:

— Ainda sobrou o suficiente para ir embora.

Ela disse:

— E eu? Eu não fui paga. Eu alimentei você, hospedei você, cuidei de você. Quem vai me reembolsar por tudo isso?

Fechei minha mala.

— Eu vou reembolsar você. Me deixe ir embora.

Subitamente serena, ela disse:

— Não aja como criança, Victor. Eu perdoo você pela última vez. O que aconteceu ontem à noite não passou de um acidente, uma recaída. Tudo vai mudar assim que você tiver terminado o seu livro.

Eu perguntei:

— Qual livro?

Ela ergueu o meu *manuscrito*.

— Esse livro aqui. O seu livro.

— Eu não escrevi uma única linha disso aí.

— Tem quase duzentas páginas datilografadas.

— Sim, duzentas páginas copiadas de tudo quanto é tipo de livro.

— Copiadas? Não estou entendendo.

— Você nunca vai entender nada. Essas duzentas páginas aí, eu copiei de outros livros. Não tem uma única linha que seja minha.

Ela ficou me olhando. Peguei a garrafa e bebi. Um longo gole. Ela abanou a cabeça.

— Não acredito em você. Você está bêbado. Está dizendo bobagens. Por que você faria isso?

Eu ri com escárnio.

— Para fazer você pensar que eu estava escrevendo. Mas eu não consigo escrever aqui. Você me incomoda, você fica me espiando sem parar, você me impede de escrever, ver você, a sua simples presença em casa me impede de escrever. Você destrói tudo, degrada tudo, aniquila qualquer criação, vida, liberdade, inspiração. Desde a infância você só sabe me vigiar, me dirigir, me aporrinhar. Desde a infância!

Ela permaneceu em silêncio por um momento, depois ela disse, ela discursou, olhando para o assoalho do quarto, para o tapete gasto:

— Eu sacrifiquei tudo pelo seu trabalho, pelo seu livro. O meu próprio trabalho, as minhas clientes, os meus últimos anos. Eu andava na ponta dos pés para não incomodar você. E você não escreveu uma única linha nos quase dois anos em que está aqui? Você ficou só comendo, bebendo e fumando! Você não passa de um fingidor, um inútil, um beberrão, um parasita! Eu anunciei o lançamento do seu livro para todas as minhas clientes! E você não escreveu nada? Eu vou ser a piada de toda a cidade! Você trouxe a desonra para dentro da minha casa! Eu devia ter deixado você apodrecer naquela sua cidade pequena e suja e naquela sua livraria imunda. Você morou lá, sozinho, por mais de vinte anos, por que não escreveu um livro lá onde eu não incomodava, onde ninguém incomodava você? Por quê? Porque você seria incapaz de escrever uma única linha mesmo de um livro medíocre, mesmo numa situação mais favorável, nas melhores condições possíveis.

Continuei a beber enquanto ela falava e foi de longe, como se estivesse vindo do cômodo ao lado, que ouvi minha voz responder para ela. Eu dizia para ela que ela estava certa, que eu não conseguiria, eu não conseguia escrever o que quer que fosse enquanto ela estivesse viva. Eu a recordei das nossas experiências sexuais infantis, das quais ela foi a iniciadora, já que era vários anos mais velha que eu, e que me chocaram muito além do que ela seria capaz de imaginar.

Minha irmã respondeu que eram só brincadeiras de criança, que era de péssimo gosto voltar a falar dessas coisas, principalmente porque ela tinha permanecido virgem e porque *aquilo* não lhe interessava fazia muito tempo.

Eu disse que sabia que *aquilo* não lhe interessava, que ela se contentava em acariciar os quadris e os seios das clientes dela, que eu a observei durante as provas de roupas e vi o prazer dela em tocar nas clientes jovens e bonitas como ela nunca tinha sido, que ela nunca tinha sido nada além de uma depravada.

Eu disse a ela que, por causa da feiura dela e por causa daquele seu puritanismo hipócrita, ela nunca tinha conseguido despertar o interesse de qualquer homem que fosse. Então ela tinha se voltado para as clientes e, com a desculpa de tomar as medidas, de alisar o tecido, ficava apalpando aquelas mulheres jovens e bonitas que encomendavam vestidos.

Minha irmã disse:

— Você passou dos limites, Victor, já chega!

Ela agarrou a garrafa, a minha garrafa de aguardente, bateu com ela na máquina de escrever, a aguardente se espalhou pela escrivaninha. Minha irmã, segurando o gargalo da garrafa quebrada, foi chegando mais perto.

Eu levantei, imobilizei o braço dela, torci o pulso dela, ela largou a garrafa. Nós caímos em cima da cama, eu me deitei em cima dela, as minhas mãos apertaram o pescoço magro dela e, quando ela parou de se debater, eu ejaculei.

NO DIA SEGUINTE Lucas devolve o manuscrito de Victor para Peter.

Alguns meses depois Peter vai novamente para a sua cidade natal para acompanhar o julgamento. Ele fica longe por várias semanas. Quando volta, ele passa na livraria, faz um carinho na cabeça de Mathias e diz para Lucas:

— Venha me ver à noite.
Lucas diz:
— Parece sério, Peter.
Peter abana a cabeça.
— Não me faça perguntas agora. Até mais.
Quando Peter sai, o menino se volta para Lucas.
— Aconteceu alguma desgraça com o Peter?
— Não, não com o Peter, mas com um amigo dele, eu acho.
O menino diz:
— É a mesma coisa, ou talvez até pior.
Lucas aperta Mathias com força contra ele.
— Tem razão. Às vezes é pior.
Já na casa de Peter, Lucas pergunta:
— E então?
Peter esvazia de um só gole o copo de aguardente que acabou de servir.
— E então? Condenado à morte. Executado ontem de manhã por enforcamento. Beba!
— Você está bêbado, Peter!
Peter levanta a garrafa, examina o nível do líquido, ri com escárnio.
— Sim, já bebi metade da garrafa. Estou assumindo o posto do Victor.
Lucas se ergue.
— Eu volto outro dia. Não adianta nada conversar com você nesse estado.
Peter diz:
— Pelo contrário. Eu só sou capaz de conversar sobre o Victor nesse estado. Senta aí. Aqui, isso é para você. Foi o Victor que mandou.

Ele empurra para frente de Lucas um saquinho de lona.
Lucas pergunta:
— O que é?
— Moedas de ouro e joias. E dinheiro também. O Victor não teve tempo de gastar. Ele me disse: *Devolva essas coisas para o Lucas. Ele pagou muito caro pela casa e pela livraria. Quanto a você, Peter, eu lego a minha casa, a casa da minha irmã e dos nossos pais. Nós não temos herdeiros. Nem minha irmã, nem eu temos herdeiros. Venda essa casa, ela é amaldiçoada, uma maldição pesa sobre ela desde a nossa infância. Venda e volte para a cidade pequena e distante, o lugar ideal que eu nunca deveria ter deixado.*

Após um silêncio, Lucas diz:
— Você estava prevendo uma condenação mais leve para o Victor. Você estava até esperando que ele não fosse para a cadeia e pudesse ficar o resto da vida num manicômio.
— Eu estava errado, só isso. Eu não tinha como prever que os psiquiatras iam entender que o Victor era responsável pelos atos dele, nem que o Victor fosse se comportar no julgamento como um verdadeiro imbecil. Ele não demonstrou nenhum remorso, nenhum pesar, nenhum arrependimento. Ele não parou de repetir: *Eu precisava fazer isso, eu precisava matá-la, era a única solução para eu poder escrever o meu livro.* Os jurados consideraram que você não tem o direito de matar alguém sob o pretexto de que essa pessoa está impedindo você de escrever um livro. Eles também declararam que assim seria muito fácil você tomar uma bebida, matar pessoas honradas e se safar. Eles concluíram que o Victor era um

indivíduo egoísta, perverso, perigoso para a sociedade. Tirando eu, todas as testemunhas falaram contra ele e a favor da irmã, que tinha uma vida exemplar, honrada, e era estimada por todos, principalmente pelas clientes dela.

Lucas pergunta:

— Você conseguiu vê-lo fora do julgamento?

— Depois da condenação, sim. Eu podia entrar na cela dele e ficar com ele o tempo que quisesse. Fiz companhia para ele até o último dia.

— Ele estava com medo?

— Medo? Acho que não é essa a palavra. No início ele não estava acreditando, ele não conseguia acreditar. Ele estava esperando por uma graça, um milagre, não sei. No dia em que ele escreveu e assinou o testamento, ele certamente já não tinha mais ilusões. Na última noite, ele me disse: *Eu sei que eu vou morrer, Peter, mas não consigo entender. Em vez de um só cadáver, o da minha irmã, vai ter um segundo, o meu. Mas quem precisa de um segundo cadáver? Deus com certeza não, Ele não dá a mínima para os nossos corpos. A sociedade? Ela ganharia um livro, ou mais de um livro, se me deixasse viver, em vez de ganhar um outro cadáver, que não vai trazer benefício para ninguém.*

Lucas pergunta:

— Você acompanhou a execução?

— Não. Ele me pediu, mas eu disse que não. Você me acha um covarde, não acha?

— Não seria a primeira vez. Mas eu entendo você.

— E você, você teria conseguido acompanhar?

— Se ele tivesse me pedido, sim, eu teria conseguido.

7

A livraria é transformada em uma sala de leitura. Algumas crianças já se acostumaram a ir até lá para ler ou desenhar, outras entram por acaso quando estão com frio ou quando estão cansadas por ter brincado muito na neve. Essas ficam só uns quinze minutos, tempo suficiente para se aquecerem enquanto folheiam livros ilustrados. Há também aquelas que ficam olhando pela vitrine da loja e fogem assim que Lucas sai para convidá-las a entrar.

De vez em quando Mathias desce do apartamento, se acomoda ao lado de Lucas com um livro, sobe de novo depois de uma hora ou duas e volta na hora de fechar. Ele não se mistura com as outras crianças. Quando todos já foram, Mathias coloca os livros em ordem, esvazia a cesta de lixo, recoloca as cadeiras junto das mesas e passa o esfregão no chão sujo. Ele também faz um balanço:

— Eles roubaram de novo sete lápis de cor e três livros e desperdiçaram dezenas de folhas.

Lucas diz:

— Isso não é nada, Mathias. Se tivessem pedido, eu teria dado tudo isso para eles. Eles são tímidos, preferem pegar às escondidas. Não tem problema.

No final de uma tarde, enquanto todos estão lendo em silêncio, Mathias coloca uma folha de papel diante de Lucas. Está escrito: *Olhe aquela mulher!* Atrás da vitrine, na escuridão da rua, a sombra de uma mulher, uma silhueta sem rosto, está olhando para a sala iluminada da livraria. Lucas se ergue e a sombra desaparece. Mathias diz, num sussurro:

— Ela fica me seguindo por todo lugar. Durante o recreio, ela fica me olhando por cima da cerca do pátio da escola. Ela vem atrás de mim no caminho de volta para casa.

Lucas pergunta:

— Ela fala com você?

— Não. Uma vez, faz alguns dias, ela me entregou uma maçã, mas eu não peguei. Uma outra vez, quando quatro meninos me deitaram na neve e tentaram tirar a minha roupa, ela deu uma bronca e uns tabefes neles. Eu fugi.

— Então ela não é má, ela te defendeu.

— Sim, mas por quê? Ela não tem nenhum motivo para me defender. E por que ela fica me seguindo? Por que ela fica me olhando? Eu tenho medo do olhar dela. Tenho medo dos olhos dela.

Lucas diz:

— Não dê bola, Mathias. Muitas mulheres perderam os filhos durante a guerra. Elas não conseguem esquecê-los. Então elas acabam se apegando a alguma outra criança que faz com que elas lembrem da imagem da que elas perderam.

Mathias ri com escárnio:

— Eu ficaria muito surpreso se eu conseguisse fazer alguém lembrar da imagem do filho.

À noite Lucas toca a campainha na casa da tia de Yasmine. Ela abre a janela:

— O que você quer?

— Conversar.

— Não tenho tempo. Tenho que ir trabalhar.

— Eu espero.
Quando ela sai de casa, Lucas diz:
— Vou acompanhá-la. A senhora trabalha com frequência à noite?
— Uma semana a cada três. Como todo mundo. Sobre o que você quer falar? Sobre o meu trabalho?
— Não. Sobre o menino. Só quero pedir para a senhora deixá-lo em paz.
— Eu não fiz nada para ele.
— Eu sei. Mas a senhora segue ele, fica olhando para ele. Ele se incomoda. A senhora compreende?
— Sim. Pobre menino. Ela o deixou...
Eles caminham em silêncio pela rua vazia e coberta de neve. A mulher esconde o rosto no cachecol, seus ombros são sacudidos por soluços mudos.
Lucas pergunta:
— Quando o seu marido vai ser libertado?
— O meu marido? Ele morreu. Você não sabia?
— Não. Eu sinto muito.
— Oficialmente, ele se suicidou. Mas eu soube por alguém que conheceu ele lá e que foi libertado que não foi suicídio. Ele foi morto pelos companheiros de cela por causa do que ele tinha feito com a filha.
Agora eles estão em frente à grande fábrica de tecelagem iluminada por neons. De todos os lados chegam sombras friorentas e apressadas que desaparecem pelo portão de metal. Mesmo daqui, o barulho das máquinas é ensurdecedor.
Lucas pergunta:
— Se o seu marido não tivesse morrido, a senhora teria aceitado ele de volta?

— Não sei. De qualquer modo, ele não teria se atrevido a voltar para essa cidade. Acho que ele teria ido para a capital em busca da Yasmine.

A sirene da fábrica começa a berrar. Lucas diz:

— Eu vou indo. A senhora vai se atrasar.

A mulher ergue seu rosto pálido, ainda jovem, no qual brilham os olhos grandes e negros de Yasmine.

— Agora que eu estou sozinha, talvez eu possa, se você por acaso quiser, se você estiver de acordo, levar o menino para a minha casa.

Lucas berra mais alto que a sirene da fábrica:

— Levar o Mathias? Nunca! Ele é meu, só meu! Eu proíbo a senhora de chegar perto dele, de ficar olhando para ele, de falar com ele, de ficar andando atrás dele!

A mulher vai recuando na direção do portão da fábrica.

— Fique calmo. Você enlouqueceu? Era só uma sugestão.

Lucas dá meia-volta e vai correndo para a livraria. Lá ele se escora na parede da casa e fica esperando o coração se acalmar.

UMA JOVEM ENTRA NA LIVRARIA, para diante de Lucas, sorri:

— Não está me reconhecendo, Lucas?

— E eu deveria?

— Agnès.

Lucas fica pensando.

— Não sei, sinto muito, senhorita.

— Mas nós somos velhos amigos. Eu fui uma vez na sua casa ouvir música. É verdade que na época eu só tinha seis anos. Você queria fazer um balanço para mim.

Lucas diz:

— Agora lembrei. A sua tia Léonie tinha mandado você até lá.

— Sim, isso mesmo. Ela já morreu. Agora é o diretor da fábrica que está me mandando, para comprar livros ilustrados para as crianças da creche.

— Você trabalha na fábrica? Você ainda devia estar frequentando a escola.

Agnès cora.

— Eu tenho quinze anos. Saí da escola no ano passado. Eu não trabalho na fábrica, eu sou educadora infantil. As crianças me chamam de senhorita.

Lucas ri.

— Eu também chamei você de senhorita.

Ela entrega uma nota para Lucas.

— Me dê livros e também folhas e lápis de cor para desenhar.

Agnès volta com frequência. Fica bastante tempo procurando livros nas prateleiras, senta com as crianças, lê e desenha com elas.

A primeira vez que Mathias a vê, ele diz a Lucas:

— É uma mulher linda.

— Mulher? É só uma garotinha.

— Ela tem seios, não é mais uma garotinha.

Lucas fica olhando os seios de Agnès, realçados por uma malha vermelha.

— Tem razão, Mathias, ela tem seios. Eu não tinha reparado.

— E no cabelo, também não? Ela tem um cabelo lindo. Olha como brilha na luz.

Lucas olha o cabelo comprido e loiro de Agnès brilhando na luz. Mathias continua:

— Olha os cílios pretos dela.

Lucas diz:
— É lápis.
— E a boca.
— Batom. Na idade dela, ela não devia se maquiar.
— Tem razão, Lucas. Ela também seria linda sem maquiagem.
Lucas ri.
— E você, na sua idade, ainda não deveria ficar olhando as meninas.
— As meninas da minha turma eu não fico olhando. Elas são burras e feias.

Agnès levanta, ela sobe na escada dupla para pegar um livro. A saia dela é bem curta, dá para ver a cinta-liga e as meias pretas com um fio puxado. Quando percebe, ela molha o indicador e, com a saliva, tenta pegar o fio. Para fazer isso, ela precisa se curvar, e então dá para ver também a calcinha branca estampada com flores cor-de-rosa, uma calcinha de criança.

Num final de tarde ela fica até a loja fechar. Ela diz a Lucas:
— Eu ajudo a limpar.
Lucas diz:
— É o Mathias que limpa. Ele faz isso muito bem.
Mathias diz para Agnès:
— Se você me ajudasse, ia ser mais rápido para terminar, daí eu poderia fazer uns crepes com geleia para você, caso você goste.
Agnès diz:
— Todo mundo gosta de crepes com geleia.
Lucas sobe para o quarto. Um pouco mais tarde Mathias vai chamá-lo:

— Venha comer, Lucas.

Eles comem crepes com geleia na cozinha, bebem chá. Lucas não fala, Agnès e Mathias riem bastante. Depois da refeição, Mathias diz:

— Alguém tem que acompanhar a Agnès. É noite.

Agnès diz:

— Eu posso voltar sozinha. Eu não tenho medo.

Lucas diz:

— Vamos. Eu acompanho você.

Na frente da casa de Agnès, ela pergunta:

— Não quer entrar?

— Não.

— Por quê?

— Você é só uma criança, Agnès.

— Não, eu não sou mais criança. Eu sou uma mulher. E você não ia ser o primeiro a entrar no meu quarto. Os meus pais não estão em casa. Eles estão trabalhando. E mesmo se estivessem em casa... Eu tenho o meu próprio quarto e faço o que eu quiser.

Lucas diz:

— Boa noite, Agnès. Eu tenho que ir.

Agnès diz:

— Eu sei onde você vai. Logo ali adiante, naquela ruazinha, com as garotas dos soldados.

— Exatamente. Mas isso não é da sua conta.

No dia seguinte Lucas diz para Mathias:

— Antes de convidar alguém para comer na nossa casa, você podia perguntar o que eu acho.

— Você não gosta da Agnès? É uma pena. Ela está apaixonada por você. Dá para ver. É por sua causa que ela vem com tanta frequência.

Lucas diz:
— Você tem muita imaginação, Mathias.
— Você não gostaria de casar com ela?
— Casar com ela? Mas que ideia! Não, claro que não.
— Por quê? Você ainda está esperando a Yasmine? Ela não vai mais voltar.
Lucas diz:
— Eu não quero casar com ninguém.

É PRIMAVERA. A porta que dá para o jardim está aberta. Mathias está cuidando das suas plantas e dos seus bichos. Ele tem um coelho branco, vários gatos e o cachorro preto dado por Joseph. Ele também espera ansiosamente o nascimento dos filhotes que uma galinha está chocando no galinheiro.

Lucas observa a sala onde as crianças, debruçadas sobre os livros, estão absorvidas na leitura.

Um garotinho ergue os olhos, sorri para Lucas. Ele tem cabelo loiro, olhos azuis, é a primeira vez que vem aqui.

Lucas não consegue desgrudar os olhos desse menino. Ele senta atrás do balcão, abre um livro e continua a olhar para o menino desconhecido. Uma dor aguda, repentina, irradia por sua mão esquerda, apoiada no livro. Um compasso está cravado no dorso dessa mão. Meio paralisado pela intensidade da dor, Lucas se vira lentamente para Mathias.

— Por que você fez isso?

Mathias bufa, apertando os dentes.

— Eu não quero que você fique olhando para ele!
— Não estou olhando para ninguém.

— Está, sim! Não minta! Eu vi você olhar para ele. Eu não quero que você fique olhando para ele desse jeito!

Lucas puxa o compasso, aperta um lenço sobre o ferimento.

— Vou subir para desinfetar a ferida.

Quando ele desce de volta, as crianças não estão mais lá, Mathias baixou a cortina metálica da porta.

— Eu disse que a gente ia fechar mais cedo hoje.

Lucas pega Mathias nos braços, carrega o menino para o apartamento e o coloca deitado na cama.

— O que você tem, Mathias?

— Por que você estava olhando para ele, para aquele garoto loiro?

— Ele me fez lembrar de alguém.

— Alguém que você amava?

— Sim, o meu irmão.

— Você não pode amar ninguém além de mim, nem mesmo o seu irmão.

Lucas fica calado, o menino continua:

— Não serve para nada ser inteligente. Seria melhor ser bonito e loiro. Se você casasse, você ia poder ter filhos como ele, esse garoto loiro, como o seu irmão. Você ia ter os seus filhos de verdade, bonitos e loiros, sem deformidades. Eu não sou seu filho. Eu sou filho da Yasmine.

Lucas diz:

— Você é meu filho. Eu não quero outro filho.

Ele mostra a mão, enfaixada.

— Você me machucou, sabia?

O menino diz:

— Você também me machucou, mas você não sabia.

Lucas diz:

— Eu não queria machucar você. Você precisa saber uma coisa, Mathias: o único ser no mundo que importa para mim é você.

O menino diz:

— Eu não acredito. Só a Yasmine me amava de verdade e ela morreu. Eu já disse isso muitas vezes para você.

— A Yasmine não morreu. Ela só foi embora.

— Ela nunca teria ido embora sem mim, então ela morreu.

O menino acrescenta:

— A sala de leitura tem que acabar. Que ideia foi essa de abrir uma sala de leitura?

— Eu fiz isso por você. Pensei que você fosse fazer amigos.

— Eu não quero saber de amigos. E eu nunca pedi para abrir uma sala de leitura. Pelo contrário, eu estou pedindo para você fechar.

Lucas diz:

— Eu vou fechar. Vou dizer amanhã à noite para as crianças que, com o tempo bom que está fazendo, elas podem ler e desenhar na rua.

O garotinho loiro volta no dia seguinte. Lucas não fica olhando para ele. Ele fixa os olhos nas linhas, nas letras de um livro. Mathias diz:

— Não se atreve mais a ficar olhando para ele? Mas está morrendo de vontade. Faz cinco minutos que você não vira a página do livro.

Lucas fecha o livro e esconde o rosto entre as mãos.

Agnès entra na livraria, Mathias corre ao seu encontro, ela o beija. Mathias pergunta:

— Por que você parou de vir?

— Eu não tive tempo. Eu estava fazendo um curso na cidade vizinha para ser educadora. Eu raramente voltava para casa.
— Mas agora você vai ficar aqui, na nossa cidade?
— Sim.
— Quer vir comer crepes com a gente hoje à noite?
— Eu ia adorar, mas eu preciso cuidar do meu irmãozinho. Os nossos pais vão estar trabalhando.
Mathias diz:
— Pode trazer o seu irmãozinho junto. Vai ter bastante crepe. Vou subir para preparar a massa.
— E eu vou organizar a loja para você.
Mathias sobe para o apartamento, Lucas diz para as crianças:
— Podem levar os livros que estão em cima das mesas. As folhas de papel também e uma caixa de lápis de cor para cada um. Não faz sentido vocês ficarem fechados aqui dentro com um tempo tão bom. Vão ler e desenhar nos seus jardins ou nos parques. Se vocês precisarem de alguma coisa, podem vir aqui me pedir.
As crianças saem, fica só o garotinho loiro, que continua sentado e bem-comportado no lugar dele. Lucas pergunta delicadamente:
— E você? Não vai voltar para casa?
O menino não responde, Lucas se vira para Agnès.
— Eu não sabia que era o seu irmão. Eu não sabia nada sobre ele.
— Ele é tímido. O nome dele é Samuel. Fui eu que sugeri para ele vir aqui, agora que ele já está começando a ler. Ele é o caçula. O meu irmão Simon trabalha na fábrica já faz cinco anos. Ele é motorista de caminhão.

O menino loiro levanta, pega na mão da irmã.
— Nós vamos comer crepe na casa do homem?
Agnès diz:
— Sim, vamos subir. Temos que ajudar o Mathias.
Eles sobem a escada que leva para o apartamento. Na cozinha Mathias está misturando a massa dos crepes.
Agnès diz:
— Mathias, esse aqui é o meu irmãozinho. O nome dele é Samuel. Vocês bem que podiam ficar amigos, vocês têm mais ou menos a mesma idade.

Os olhos de Mathias se arregalam, ele solta a colher de pau, sai da cozinha. Agnès se vira para Lucas.
— Qual é o problema?
Lucas diz:
— O Mathias deve ter ido buscar alguma coisa no quarto dele. Comecem a fazer os crepes, Agnès, eu já volto.

Lucas entra no quarto de Mathias. O menino está deitado sobre a colcha, ele diz:
— Me deixe em paz. Eu quero dormir.
— Foi você que convidou, Mathias. É uma questão de educação.
— Eu convidei a Agnès. Eu não sabia que o irmão dela era ele.
— Pois é, eu também não sabia. Faça um esforço pela Agnès, Mathias. Você gosta bastante dela, não gosta?
— E você do irmão dela. Quando eu vi vocês chegando na cozinha, entendi o que era uma família de verdade. Pais loiros e bonitos, com um filho loiro e bonito. Eu não tenho família. Eu não tenho nem mãe, nem pai, eu não sou loiro, eu sou feio e aleijado.

Lucas o aperta com força contra si.

— Mathias, meu garotinho. Você é a minha vida inteira.

Mathias sorri.

— Está bem, vamos comer.

Na cozinha a mesa está posta e há uma grande pilha de crepes no meio.

Agnès fala bastante, levanta com frequência para servir chá. Ela cuida tão bem do irmãozinho dela quanto de Mathias.

— Geleia? Queijo? Chocolate?

Lucas fica observando Mathias. Ele come pouco e fica olhando para o menino loiro sem desviar o olhar. O menino loiro come bastante, sorri para Lucas quando os olhos deles se cruzam, sorri para a irmã quando ela entrega alguma coisa para ele, mas quando seus olhos azuis cruzam com o olhar escuro de Mathias, ele baixa os olhos.

Agnès lava a louça com Mathias. Lucas sobe para o quarto. Mathias vai chamá-lo mais tarde:

— Alguém tem que acompanhar a Agnès e o irmão dela.

Agnès diz:

— Nós realmente não temos medo de voltar sozinhos.

Mathias insiste:

— É uma questão de educação. Vá acompanhá-los.

Lucas os acompanha. Ele deseja boa noite para eles e vai sentar num banco no parque do insone.

O INSONE DIZ:

— São três e meia. Às onze horas o menino fez fogo no quarto dele. Tomei a liberdade de chamá-lo, mesmo que isso não seja do meu feitio. Eu estava temendo um incêndio. Perguntei ao menino o que ele estava fazendo, ele disse para eu não me preocupar, ele só estava queimando os trabalhos escolares com notas baixas num balde de ferro na frente da janela. Perguntei por que ele não queimava os papéis no fogão, ele respondeu que não estava com vontade de ir até a cozinha para fazer isso. O fogo se apagou logo depois e eu não vi mais o menino, nem ouvi mais nenhum barulho.

Lucas sobe a escada, entra no seu quarto, depois no quarto do menino. Na frente da janela há um balde de latão com papel queimado. A cama do menino está vazia. Sobre o travesseiro, um caderno azul, fechado. Na etiqueta branca, está escrito: O CADERNO DE MATHIAS. Lucas abre o caderno. Há apenas páginas em branco e restos de folhas arrancadas. Lucas afasta a cortina vermelho-escura. Ao lado dos esqueletos da mãe e da bebê, está pendurado o pequeno corpo de Mathias, já azul.

O insone ouve um longo uivo. Ele desce para a rua, toca a campainha na casa de Lucas. Nenhuma resposta. O velho sobe a escada, entra no quarto de Lucas, vê uma outra porta e abre. Lucas está deitado na cama apertando o corpo do menino junto ao peito.

— Lucas?

Lucas não responde, seus olhos bem abertos olham fixamente para o teto.

O insone desce de volta para a rua, vai tocar na casa de Peter. Peter abre uma janela.

— O que está acontecendo, Michael?

— Lucas está precisando de você. Aconteceu uma grande desgraça. Vamos.

— Volte para casa, Michael. Eu cuido de tudo.

Ele sobe para o apartamento de Lucas. Vê o balde de ferro, os dois corpos deitados na cama. Ele afasta a cortina, descobre os esqueletos e, no mesmo gancho, um toco de corda cortada com navalha. Vai de novo até a cama, afasta delicadamente o corpo do menino e dá dois tapas em Lucas.

— Acorde!

Lucas fecha os olhos, Peter o sacode.

— Me diga o que foi que aconteceu!

Lucas diz:

— Foi a Yasmine. Ela tirou ele de mim.

Peter diz com firmeza:

— Nunca mais repita essa frase na frente de ninguém além de mim, Lucas. Você me ouviu? Olhe para mim!

Lucas olha para Peter.

— Sim, ouvi. O que eu faço agora, Peter?

— Nada. Fique na cama. Eu vou te trazer uns calmantes. E também vou cuidar das formalidades.

Lucas enlaça o corpo de Mathias.

— Obrigado, Peter. Eu não preciso de calmantes.

— Não? Então tente chorar, pelo menos. Onde estão as suas chaves?

— Não sei. Talvez tenham ficado na porta de entrada.

— Vou trancar você aqui. Você não pode sair nesse estado. Eu volto depois.

Peter encontra uma sacola na cozinha, desprende os esqueletos, coloca na sacola e leva para a casa dele.

LUCAS E PETER CAMINHAM atrás da carroça de Joseph, sobre a qual repousa o caixão do menino.

No cemitério, um coveiro, sentado sobre um monte de terra, come toucinho com cebola.

Mathias é enterrado no túmulo da avó e do avô de Lucas.

Quando o coveiro termina de tapar o buraco, o próprio Lucas vai cravar a cruz, na qual está gravado MATHIAS e duas datas. O menino viveu sete anos e quatro meses.

Joseph pergunta:

— Levo você, Lucas?

Lucas diz:

— Pode voltar, Joseph, e obrigado. Obrigado por tudo.

— Não adianta nada ficar aqui.

Peter diz:

— Vamos, Joseph. Eu volto com você.

Lucas ouve a carroça se afastar. Ele senta ao lado do túmulo. Os pássaros cantam.

Uma mulher vestida de preto passa silenciosamente e coloca um buquê de violetas ao pé da cruz.

Mais tarde Peter retorna. Ele toca no ombro de Lucas.

— Vamos. Daqui a pouco já vai anoitecer.

Lucas diz:

— Eu não posso deixar ele aqui sozinho de noite. Ele tem medo da noite. Ele ainda é tão pequeno.

— Não, agora ele não tem mais medo. Vamos, Lucas.

Lucas levanta, ele olha fixamente para o túmulo.

— Eu devia ter deixado ele ir embora com a mãe dele. Eu cometi um erro fatal, Peter, querendo ficar com o menino a todo custo.

Peter diz:

— Cada um de nós comete um erro fatal na vida e, quando a gente se dá conta disso, o irreparável já aconteceu.

Eles descem de volta para a cidade. Em frente à livraria, Peter pergunta:

— Quer ir até a minha casa ou prefere entrar?

— Prefiro entrar.

Lucas entra em casa. Ele senta junto à escrivaninha, olha para a porta fechada do quarto do menino, abre um caderno escolar, escreve:

Está tudo bem com o Mathias. Ele é sempre o primeiro na escola e não está mais tendo pesadelos.

Lucas fecha o caderno, sai de casa, volta para o cemitério e adormece sobre o túmulo do menino.

Ao amanhecer o insone vem acordá-lo.

— Vamos, Lucas. Está na hora de abrir a livraria.

— Sim, Michael.

8

Claus chega de trem. A pequena estação ferroviária não mudou nada, mas agora existe um ônibus para os viajantes.

Claus não pega o ônibus, ele vai andando a pé até o centro da cidade. Os castanheiros estão em flor, a rua está tão deserta e silenciosa quanto antigamente.

Na Praça Principal, Claus se detém. Um grande edifício de dois andares se ergue no lugar das casinhas simples e baixas. É um hotel. Claus entra e pergunta para a recepcionista:

— Quando esse hotel foi construído?

— Faz mais ou menos dez anos. O senhor gostaria de um quarto?

— Ainda não sei. Volto em algumas horas. Enquanto isso, seria possível deixar a minha mala aqui?

— Certamente, senhor.

Claus retoma sua caminhada, atravessa a cidade, deixa para trás as últimas casas, toma um caminho não asfaltado que vai dar numa quadra de esportes. Claus atravessa a quadra e senta na grama, à beira do riacho. Mais tarde algumas crianças começam a jogar bola. Claus pergunta para uma delas:

— Faz muito tempo que essa quadra de esportes existe?

A criança encolhe os ombros.

— A quadra? Desde sempre, ué.

Claus volta para a cidade, sobe para o castelo, depois para o cemitério. Fica bastante tempo procurando, mas não encontra o túmulo da avó e do avô. Desce de volta para cidade, senta num banco na Praça Principal, observa as pessoas fazendo suas compras, voltando para casa do trabalho, dando um passeio a pé ou de bicicleta. Há pouquíssimos carros. Quando as lojas fecham, a praça se esvazia e Claus entra no hotel de novo.

— Vou querer um quarto, senhorita.
— Por quantos dias?
— Ainda não sei.
— Posso ver o seu passaporte, senhor?
— Aqui.
— O senhor é estrangeiro? Onde aprendeu tão bem a nossa língua?
— Aqui mesmo. Eu passei a infância nessa cidade.
Ela fica olhando para ele.
— Faz um bocado de tempo então.
Claus ri.
— Eu pareço tão velho assim?
A jovem fica corada.
— Não, não, eu não quis dizer isso. Vou lhe dar o nosso quarto mais bonito, eles estão quase todos disponíveis, a temporada ainda não começou.
— Vocês recebem muitos turistas?
— No verão, bastante. Recomendo também o nosso restaurante, senhor.

Claus sobe para o quarto no primeiro andar. As duas janelas dão para a praça.

Claus come no restaurante deserto e sobe de volta para o quarto. Ele abre a mala, guarda as roupas no armário, puxa uma poltrona para perto de uma das janelas e fica olhando a rua deserta. Do outro lado da praça, as casas antigas permaneceram intactas. Elas foram restauradas, repintadas de rosa, amarelo, azul, verde. O térreo de cada uma delas é ocupado por uma loja ou algum outro negócio: mercearia, *souvenirs*, laticínios, livraria, *moda*. A livraria fica na casa azul onde ela já ficava quando Claus era criança e ia até lá para comprar papel e lápis.

NO DIA SEGUINTE Claus volta à quadra de esportes, ao castelo, ao cemitério, à estação ferroviária. Quando cansa, entra em alguma taberna, vai sentar num parque. No fim da tarde ele volta para a Praça Principal, entra na livraria.

Um homem de cabelos brancos, sentado no balcão, está lendo sob a luz de uma luminária de mesa. A loja está na penumbra, não há nenhum cliente. O homem de cabelos brancos levanta.

— Me desculpe, esqueci de acender.

A sala e as vitrines se iluminam. O homem pergunta:
— Como posso ajudar?

Claus diz:
— Não se incomode. Só estou dando uma olhada.

O homem tira os óculos.
— Lucas!

Claus sorri.
— O senhor conhece o meu irmão! Onde ele está?

O homem repete:
— Lucas!

— Eu sou o irmão do Lucas. Meu nome é Claus.

— Pare de brincadeira, Lucas, por favor.

Claus tira o passaporte do bolso.
— Aqui, veja.

O homem examina o passaporte.
— Isso não prova nada.
Claus diz:
— Sinto muito, eu não tenho nenhum outro jeito de provar a minha identidade. Eu sou Claus T. e estou à procura do meu irmão, Lucas. O senhor o conhece. Ele certamente falou de mim, o irmão dele, Claus.
— Sim, ele sempre me falava de você, mas preciso confessar que eu nunca acreditei na sua existência.
Claus ri.
— Quando eu falava do Lucas para alguém, também não acreditavam em mim. É engraçado, o senhor não acha?
— Não, na verdade, não. Venha, vamos sentar ali.
Ele aponta para uma mesa de centro e poltronas no fundo da loja, em frente à porta-balcão aberta para o jardim.
— Se você não é o Lucas, eu preciso me apresentar. Meu nome é Peter. Peter N. Mas se você não é o Lucas, por que entrou aqui, justamente aqui?
Claus diz:
— Eu cheguei ontem. Primeiro eu fui até a casa da avó, mas ela não existe mais. Tem uma quadra de esportes no lugar. Se eu entrei aqui é porque, na minha infância, já era uma livraria. Nós vínhamos aqui com frequência para comprar papel e lápis. Eu ainda me lembro do homem que atendia. Um homem pálido e obeso. Era ele que eu estava esperando encontrar aqui.
— Victor?
— Não sei o nome dele. Nunca soube.
— O nome dele era Victor. Ele morreu.
— Claro. Ele já não era mais tão jovem naquela época.

— É, é isso.

Peter fica olhando o jardim afundar na noite. Claus diz:

— Eu achava ingenuamente que ia encontrar o Lucas na casa da avó, depois de tantos anos. Onde ele está?

Peter continua a olhar a noite.

— Não sei.

— Tem alguém aqui nessa cidade que possa saber?

— Não, acho que não.

— O senhor o conhecia bem?

Peter olha Claus direto nos olhos.

— Tão bem quanto é possível conhecer alguém.

Peter se inclina sobre a mesa, segura firme os ombros de Claus.

— Pare, Lucas, pare com essa comédia! Isso não serve para nada! Você não tem vergonha de fazer isso justo comigo?

Claus se solta, se ergue.

— Estou vendo que vocês eram muito próximos, o Lucas e o senhor.

Peter desaba na sua poltrona.

— Sim, muito. Me desculpe, Claus. Eu conheci o Lucas quando ele tinha quinze anos. Aos trinta ele sumiu.

— Desapareceu? O senhor está querendo me dizer que ele deixou essa cidade?

— Essa cidade e talvez esse país também. E hoje ele reaparece com um outro nome. Eu sempre achei ridículo esse jogo de palavras com os nomes de vocês.

— O nosso avô tinha esse nome duplo, Claus-Lucas. A nossa mãe, que tinha um carinho enorme pelo pai dela, nos deu esses dois nomes. Não é o Lucas que está na sua frente, Peter, é o Claus.

Peter levanta.

— Está bem, Claus. Nesse caso tenho que entregar para você uma coisa que o seu irmão Lucas me confiou. Espere aqui.

Peter sobe para o apartamento e desce logo em seguida com cinco grandes cadernos escolares.

— Aqui. Eles são destinados a você. Tinha muito mais no início, mas ele sempre voltava a eles, corrigia, descartava tudo o que não era essencial. Se ele tivesse tido tempo, acho que teria descartado tudo.

Claus abana a cabeça:

— Não, tudo não. Ele teria mantido o essencial. Para mim.

Ele pega os cadernos. Sorri.

— Finalmente aqui está a prova da existência do Lucas. Obrigado, Peter. Ninguém leu?

— Além de mim, ninguém.

— Eu estou hospedado no hotel, do outro lado da rua. Volto outra hora.

CLAUS LÊ A NOITE INTEIRA, erguendo às vezes os olhos para observar a rua.

Acima da livraria, duas das três janelas do apartamento permanecem iluminadas por bastante tempo, a terceira está escura.

De manhã Peter sobe a cortina metálica da porta, Claus vai para a cama. Depois do meio-dia Claus sai do hotel, pede uma refeição em uma das tabernas populares da cidade, onde são servidos pratos quentes a qualquer hora do dia.

O céu está encoberto. Claus regressa à quadra de esportes, senta à beira do riacho. Fica sentado ali até a noite cair e começar a chover. Quando Claus chega à Praça Principal, a livraria já está fechada. Claus toca a campainha na porta de entrada do apartamento. Peter se inclina pela janela.

— Está aberto. Eu estava esperando você. É só subir.

Claus encontra Peter na cozinha. Diversas panelas estão fumegando no fogão. Peter diz:

— A comida ainda não está pronta. Eu tenho aguardente. Quer um pouco?

— Sim. Eu li os cadernos. O que aconteceu depois? Depois da morte do menino?

— Nada. O Lucas seguiu trabalhando. Ele abria a loja pela manhã e fechava à noite. Atendia os clientes sem dizer nada. Ele praticamente não falava mais. Algumas pessoas achavam que ele era mudo. Eu vinha vê-lo com frequência, nós jogávamos xadrez em silêncio. Ele jogava mal. Ele não lia mais, não escrevia mais. Acho que ele estava comendo muito pouco e não dormia quase nunca. A luz ficava acesa a noite toda no quarto dele, mas ele não estava lá. Ele ficava andando pelas ruas escuras da cidade e pelo cemitério. Ele dizia que o lugar ideal para dormir era o túmulo de alguém que você tinha amado.

Peter se cala, serve a bebida. Claus diz:

— E o que mais? Continue, Peter.

— Bom, cinco anos depois, durante as obras necessárias para construção da quadra de esportes, fiquei sabendo que tinham encontrado o cadáver de uma mulher enterrado na beira do riacho, próximo à casa da sua avó. Fui avisar o Lucas. Ele me agradeceu e no dia seguinte desapareceu. Ninguém mais viu ele desde aquele dia. Em cima da escrivaninha ele deixou uma carta onde me confiava a casa e a livraria. O mais triste em toda essa história, veja só, Claus, é que o corpo da Yasmine não pôde ser identificado. As autoridades não resolveram o caso. Tem cadáveres enterrados por todo o chão deste país infeliz desde a guerra e a revolução. Aquele cadáver podia ser o de qualquer mulher que tivesse tentado passar a fronteira e tivesse pisado numa mina. O Lucas não teria sido incomodado.

Claus diz:

— Ele poderia voltar agora. Já prescreveu.

— Sim, imagino que, depois de vinte anos, já tenha prescrito.

Peter olha Claus direto nos olhos.

— É isso, Claus. O Lucas poderia voltar agora.

Claus sustenta o olhar de Peter.

— Sim, Peter. É provável que o Lucas volte.

— Dizem que ele está escondido na floresta e que vem rondar as ruas da cidade depois do cair da noite. Mas são só boatos.

Peter abana a cabeça.

— Vamos até o meu quarto, Claus. Vou mostrar para você a carta do Lucas.

Claus lê:

— Confio minha casa e a livraria que faz parte dela a Peter N., com a condição de que ele mantenha *as instalações nas condições em que se encontram*, até meu retorno ou, a falta disso, até o retorno do meu irmão, Claus T. Assinado, Lucas T.

Peter diz:
— Foi ele que sublinhou *as instalações nas condições em que se encontram*. Agora, quer você seja o Claus ou o Lucas, esta casa é sua.
— Veja bem, Peter, eu estou aqui por um período curto, eu só tenho um visto de trinta dias. Eu sou cidadão de um outro país e, como você sabe, nenhum estrangeiro pode ter propriedade aqui.
Peter diz:
— Mas você pode aceitar o dinheiro que vem do lucro da livraria e que eu deposito no banco todos os meses há vinte anos.
— E você vive do que então?
— Eu tenho a minha aposentadoria do governo e o aluguel da casa do Victor. Eu só cuido da livraria para vocês dois. Eu mantenho as contas cuidadosamente em dia, você pode conferir tudo.
Claus diz:
— Obrigado, Peter. Eu não preciso de dinheiro e não tenho nenhum interesse em verificar as suas contas. Só voltei para ver o meu irmão.
— Por que você nunca escreveu para ele?
— Nós decidimos nos separar. Tinha que ser uma separação total. Uma fronteira não era suficiente, precisava também do silêncio.
— Porém você voltou. Por quê?
— O experimento já durou o bastante. Eu estou cansado e doente, quero rever o Lucas.
— Você sabe muito bem que você não vai revê-lo.

Uma voz feminina chama do quarto ao lado:
— Tem alguém aí, Peter? Quem é?
Claus fica olhando para Peter.
— Você tem uma esposa? Você é casado?
— Não, é a Clara.
— A Clara? Ela não morreu?
— A gente achava que tinha morrido, sim. Mas ela só estava internada. Pouco depois do sumiço do Lucas, ela voltou. Ela não tinha nem emprego, nem dinheiro. Estava procurando o Lucas. Eu a trouxe para a minha casa, ou seja, aqui. Ela fica no quartinho, o quarto do menino. Eu cuido dela. Quer vê-la?
— Sim, eu gostaria.
Peter abre a porta do quarto.
— Clara, nós temos a visita de um amigo.
Claus entra no quarto. Clara está sentada numa cadeira de balanço em frente à janela, com um cobertor sobre as penas, um xale sobre os ombros. Ela tem um livro nas mãos, mas não está lendo. Seu olhar está perdido na janela aberta. Ela se balança.
Claus diz:
— Boa noite, Clara.
Clara não olha para ele, ela discursa num tom monocórdio:
— Está chovendo como sempre. Uma chuva fina e fria, ela cai sobre as casas, sobre as árvores, sobre os túmulos. Quando *eles* vêm me ver, a chuva escorre pelos seus rostos abatidos. *Eles* ficam me olhando e o frio se torna mais intenso. As minhas paredes não me protegem mais. Elas nunca me protegeram. Sua solidez não passa de uma ilusão, sua brancura está manchada.

A voz dela muda de repente:

— Estou com fome, Peter! Quando a gente vai comer? Com você, as refeições estão sempre atrasadas.

Peter volta para a cozinha, Claus diz:

— Sou eu, Clara.

— É você?

Ela fica olhando para Claus, estende os braços para ele. Ele se ajoelha aos seus pés, enlaça suas pernas, deita a cabeça sobre seus joelhos. Ela afaga o cabelo dele. Claus pega a mão de Clara, aperta contra sua bochecha, contra seus lábios. Uma mão seca, magra, coberta de manchas de idade.

Ela diz:

— Você me deixou sozinha por muito tempo, tempo demais, Thomas.

Lágrimas correm pelo rosto dela. Claus seca com seu lenço.

— Eu não sou o Thomas. Você não tem nenhuma lembrança do Lucas?

Clara fecha os olhos, abana a cabeça.

— Você não mudou nada, Thomas. Envelheceu um pouco, mas continua o mesmo. Me dá um beijo.

Ela sorri, revelando uma boca desdentada.

Claus recua, se ergue. Vai até a janela, fica olhando a rua. A Praça Principal está vazia, escura sob a chuva. Apenas o Grande Hotel se destaca da escuridão com sua entrada iluminada.

Clara volta a se balançar:

— Vá embora daqui. Quem é você? O que você está fazendo no meu quarto? Por que o Peter não vem? Eu preciso comer e ir para a cama. Está tarde.

Claus sai do quarto de Clara, vai encontrar Peter na cozinha.

— A Clara está com fome.

Peter leva a bandeja para Clara. Quando volta, ele diz:

— Ela gosta bastante de comer. Eu preparo uma bandeja para ela três vezes por dia. Felizmente ela dorme bastante por conta dos remédios.

— Deve ser um fardo para você.

Peter serve massa com molho de carne.

— Não, nem tanto. Ela não me incomoda. Ela me trata como se eu fosse o criado dela, mas eu não me importo. Coma, Claus.

— Não estou com fome. Ela não sai nunca?

— A Clara? Não. Ela nunca quer e de todo modo iria se perder. Ela lê bastante e gosta de ficar olhando o céu.

— E o insone? Ele devia morar do outro lado da rua, ali onde atualmente está o hotel.

Peter levanta.

— Sim, exatamente. Eu também não estou com fome. Venha, vamos sair.

Eles andam pela rua. Peter aponta para uma casa.

— Eu morava ali, naquela época. No primeiro andar. Se você não estiver cansado, também posso mostrar a casa onde a Clara morava.

— Não estou cansado.

Peter se detém na frente de uma casinha de um só piso, na rua da estação.

— Era aqui. Essa casa vai ser demolida muito em breve, como quase todas as casas dessa rua. Elas são muito velhas, insalubres.

Claus estremece.

— Vamos voltar. Eu estou congelando.

Eles se separam diante da entrada do hotel. Claus diz:

— Já fui diversas vezes no cemitério, mas não consegui encontrar o túmulo da avó.

— Eu mostro amanhã para você. Esteja na livraria às dezoito horas. Ainda vai estar claro.

Numa parte abandonada do cemitério, Peter crava o guarda-chuva na terra.

— Aí está o túmulo.

— Como é que você pode ter tanta certeza? Só tem ervas daninhas aqui, sem nenhuma cruz. Nada. Você pode estar enganado.

— Enganado? Se você soubesse quantas vezes eu vim até aqui para buscar o seu irmão. E depois também, mais tarde, quando ele não estava mais aqui. Esse lugar se tornou para mim o destino de uma caminhada quase diária.

Eles descem de volta para a cidade. Peter cuida de Clara, depois eles bebem aguardente no quarto que era de Lucas. A chuva cai sobre o peitoril da janela, respinga no chão. Peter vai buscar um esfregão para secar a água.

— Me fale de você, Claus.

— Não tenho nada a dizer.

— A vida é mais fácil por lá?

Claus encolhe os ombros.

— É uma sociedade baseada no dinheiro. Não tem lugar para perguntas que dizem respeito à vida. Eu vivi trinta anos numa solidão mortal.

— Você nunca teve mulher, filhos?

Claus ri.

— Mulheres, sim. Várias mulheres. Filhos, não.
Depois de um silêncio, ele pergunta:
— O que você fez com os esqueletos, Peter?
— Coloquei de volta no lugar deles. Quer ver?
— É melhor não incomodar a Clara.
— Nós não vamos passar pelo quarto dela. Tem uma outra porta. Você não lembra?
— Como é que eu poderia lembrar?
— Você podia ter reparado quando passou na frente dela. É a primeira porta à esquerda quando você chega no andar de cima.
— Não, não reparei.
— É bem verdade que essa porta se confunde com a tapeçaria de parede.

Eles entram num pequeno espaço separado do quarto de Clara por uma cortina pesada. Peter acende uma lanterna, ilumina os esqueletos.

Claus diz baixinho:
— Tem três.
Peter diz:
— Pode falar normalmente. A Clara não vai acordar. Ela toma sedativos potentes. Esqueci de contar que o Lucas desenterrou o corpo do Mathias dois anos depois do enterro. Ele me explicou que era mais fácil para ele, ele estava cansado de passar as noites no cemitério para fazer companhia para o menino.

Peter ilumina um colchão de palha sob os esqueletos.
— É ali que ele dormia.
Claus encosta no colchão de palha, no cobertor militar cinza que está por cima.
— Está quente.

— Melhor não imaginar coisas, hein, Claus?
— Eu gostaria de dormir aqui, só por uma noite, você se importa, Peter?
— Você está na sua casa.

Auto lavrado pelas autoridades da cidade de K. à atenção da embaixada de D.
ASSUNTO: Solicitação de repatriação do seu cidadão Claus T., atualmente detido na cadeia da cidade de K.

Claus T., de cinquenta anos de idade, portador de um passaporte válido, com visto de turista de trinta dias, chegou à nossa cidade no dia 2 de abril do corrente ano. Ele alugou um quarto no único hotel da nossa cidade, o Grande Hotel, localizado na Praça Principal.

Claus T. passou três semanas no hotel, comportando-se como turista, dando passeios pela cidade, visitando lugares históricos, fazendo suas refeições no restaurante do hotel ou em um dos restaurantes mais populares da cidade.

Claus T. ia com frequência à livraria em frente ao hotel para comprar papel e lápis. Conhecendo a língua do país, ele conversava desembaraçadamente com a livreira, a Sra. B., e também com outras pessoas, em locais públicos.

Passadas três semanas, Claus T. perguntou à Sra. B. se ela poderia alugar-lhe mensalmente os dois quartos situados acima da livraria. Como ele oferecia um valor elevado, a Sra. B. cedeu-lhe seu apartamento de dois quartos e foi se instalar na casa da sua filha, que reside nas proximidades.

Claus T. solicitou a prorrogação do seu visto por três ocasiões, o que foi concedido sem dificuldades. Entretanto, sua quarta solicitação de prorrogação foi recusada no mês de agosto. Claus T. desconsiderou essa recusa e, devido à negligência por parte de nossos funcionários, o assunto ficou parado até o mês de outubro. Em 30 de outubro, durante uma verificação rotineira de identidade, os agentes da polícia local constataram que os documentos de Claus T. não estavam mais em dia.

Àquela altura, Claus T. não tinha mais dinheiro. Ele estava devendo dois meses de aluguel à Sra. B., praticamente não se alimentava mais, ia de taberna em taberna tocando gaita de boca. Os bêbados pagavam-lhe a bebida, a Sra. B. levava-lhe um pouco de sopa todos os dias.

No seu interrogatório, Claus T. afirmou ter nascido em nosso país, ter passado a infância em nossa cidade, na casa da avó, e declarou querer permanecer aqui até o retorno de seu irmão, Lucas T. O referido Lucas não consta em nenhum registro da cidade de K. Tampouco Claus T.

Rogamos-lhes que providenciem o pagamento da fatura em anexo (multa, despesas da investigação, aluguel da Sra. B.) e a repatriação de Claus T., sob sua responsabilidade.

Assinado, em nome das autoridades
da cidade de K.: I. S.

POST SCRIPTUM:

Por razões de segurança, naturalmente, realizamos o exame do manuscrito em posse de Claus T. Ele alega com esse manuscrito provar a existência de seu irmão, Lucas, que teria escrito a maior parte dele, tendo ele próprio, Claus, acrescentado apenas as últimas páginas, o capítulo número 8. Contudo, a caligrafia é a mesma do início ao fim e as folhas de papel não apresentam nenhum sinal de envelhecimento. Esse texto foi escrito, em sua totalidade, de uma só vez, pela mesma pessoa, em um período de tempo que não remonta a mais de seis meses, ou seja, pelo próprio Claus T. durante sua estada em nossa cidade.

No que concerne ao conteúdo do texto, só pode tratar-se de uma ficção, uma vez que nem os acontecimentos descritos, nem os personagens que nele aparecem existiram na cidade de K., à exceção, todavia, de uma pessoa, a suposta avó de Claus T., cujo rastro foi possível encontrar. Essa mulher, com efeito, possuía uma casa na localização da atual quadra de esportes. Falecida há trinta e cinco anos sem deixar herdeiros, ela consta nos nossos registros sob o nome Maria Z., depois de casada, Sra. V.

É possível que durante a guerra lhe tenha sido confiada a guarda de uma ou mais crianças.

AMBASSADE DE FRANCE AU BRÉSIL
Liberté
Égalité
Fraternité

Cet ouvrage, publié dans le cadre du Programme d'Aide à la Publication année 2024 Carlos Drummond de Andrade de l'Ambassade de France au Brésil, bénéficie du soutien du Ministère de l'Europe et des Affaires étrangères.

Este livro, publicado no âmbito do Programa de Apoio à Publicação ano 2024 Carlos Drummond de Andrade da Embaixada da França no Brasil, contou com o apoio do Ministério francês da Europa e das Relações Exteriores.

© Éditions du Seuil, 1988
Título original: *La preuve*

CONSELHO EDITORIAL
Eduardo Krause, Gustavo Faraon, Nicolle
Garcia Ortiz, Rodrigo Rosp e Samla Borges
PREPARAÇÃO
Antonio R. M. Silva e Samla Borges
REVISÃO
Evelyn Sartori e Rodrigo Rosp
CAPA E PROJETO GRÁFICO
Luísa Zardo

DADOS INTERNACIONAIS DE
CATALOGAÇÃO NA PUBLICAÇÃO (CIP)

K92p Kristóf, Ágota.
A prova / Ágota Kristóf ; trad. Diego
Grando. — Porto Alegre : Dublinense, 2024.
192 p. ; 19 cm.

ISBN: 978-65-5553-148-0

1. Literatura húngara. 2. Romance
húngaro. I. Grando, Diego. II. Título.

CDD 894.5113 • CDU 894.511-31

Catalogação na fonte:
Eunice Passos Flores Schwaste (CRB 10/2276)

Todos os direitos desta edição
reservados à Editora Dublinense Ltda.
Porto Alegre · RS
contato@dublinense.com.br

Descubra a sua próxima
leitura em nossa loja online

dublinense .COM.BR

Composto em MINION PRO e impresso na IPSIS,
em AVENA 70g/m² , na PRIMAVERA de 2024.